LE RECUEIL DES CURIOSITÉS

*Chroniques d'âmes égarées
aux frontières de la réalité*

Clara Perrien

En application de l'art. L.137-2.-I. du code de la propriété intellectuelle, toute reproduction et/ou divulgation de parties de l'œuvre dépassant le volume prévu par la loi est expressément interdite.

Les illustrations de cet ouvrage ont été générées à l'aide d'une intelligence artificielle.

© Clara Perrien, 2025

Édition : BoD · Books on Demand, 31 avenue Saint-Rémy, 57600 Forbach, bod@bod.fr
Impression : Libri Plureos GmbH, Friedensallee 273, 22763 Hamburg (Allemagne)

ISBN : 978-2-3225-7395-0
Dépôt légal : mai 2025

« Ceux qui rêvent éveillés ont conscience de mille choses qui échappent à ceux qui ne rêvent qu'endormis. »

Edgar Allan Poe

INTRODUCTION

L'imagination... Elle semble une notion si vague et abstraite.

De manière assez académique, elle est définie comme la faculté de se représenter des choses en pensée, d'élaborer et simuler des objets, des sensations, des images, des concepts et des idées nouvelles sans l'apport immédiat des sens. Son manque de matérialité rend la notion bien étrange à définir, nébuleuse et assez conceptuelle... Même si cette définition satisferait la plupart des gens, elle ne révèle en rien les sources de cette extraordinaire faculté. D'où vient l'imagination ?

À première vue, l'imagination s'apparenterait à une sorte d'abysse sombre et impénétrable au fond de notre esprit d'où jailliraient des idées, comme sorties d'un néant. Une zone si obscure qu'il serait vain d'y plonger à la recherche de la créativité, et dont il faudrait plutôt attendre patiemment qu'elle consente à se dévoiler, à travers une révélation au petit matin ou des "flashs" inexplicables.

Pourtant, en y regardant avec plus d'attention, il me semble que l'imagination – et le fantastique plus en particulier – n'est qu'une modification de notre réalité. Rien ne surgit comme par magie de notre esprit, mais chaque idée s'inspire d'une autre, consciemment ou non. À l'instar des rêves qui s'inspirent du vécu de notre journée, notre imagination puise ses sources dans ce qui nous entoure. Ce n'est qu'une combinaison d'éléments du vécu, d'idées déjà existantes, de sensations, d'images, de lieux, de phénomènes appartenant bel et bien au monde tangible. Finalement, la modification ou le recroisement de plusieurs éléments connus permet ensuite d'en faire émerger de la nouveauté, relevant de la pure fiction. Aurait-on pu inventer le loup-garou si le loup n'existait pas déjà ? Le vampire sans la chauve-souris ?

La vie réelle regorge de phénomènes, d'histoires et de personnages extraordinaires. Notre quotidien peut sembler parfois bien morne et banal, mais en sachant observer ce qui nous entoure, nous pouvons en extraire tout un tas de matière riche à l'inspiration. Notre monde est une source inépuisable d'idées sur lesquelles s'appuie notre créativité. Il suffit d'un brin d'observation, d'inventivité ou simplement de porter un regard un peu différent sur un phénomène bel et bien réel pour le métamorphoser en un phénomène irréel... Car, selon Saint-Exupéry, « un tas de pierres cesse d'être un tas de pierres, dès lors qu'un seul homme le contemple avec, en lui, l'image d'une cathédrale ».

L'imagination a un réel pouvoir. Elle offre un horizon infini, sans barrière ni contrainte, un échappatoire vers tous nos rêves, une liberté totale qu'il est impossible de nous retirer. Avec un soupçon d'imagination, nous pouvons voyager dans le temps et l'espace, parcourir le monde à travers tous les siècles ou en concevoir de nouveaux façonnés selon nos souhaits, créer dans notre esprit ce qui ne pourra jamais l'être dans la réalité, être mille personnages différents et vivre mille vies, devenir le roi du monde, de *notre* monde. Nous pouvons forger un univers entier à partir de quelques miettes, faire jaillir dans notre esprit des lieux, des histoires ou des personnages qui ne doivent l'existence qu'à notre seule pensée. Elle ouvre les portes d'un royaume inépuisable de possibilités, car, alors que « la logique vous mènera d'un point A à un point B, l'imagination vous mènera où vous voulez » (A. Einstein).

Pour rédiger la plupart des contes de cet ouvrage, je me suis inspirée d'histoires vraies, plongeant au cœur même de l'étrangeté de la vie pour débusquer ce qu'elle a de plus particulier et de fantastique à dévoiler. Tel un enfant partant à la recherche d'un trésor au fond du grenier, j'ai farfouillé dans les recoins sombres et méconnus de notre réalité pour en dépoussiérer quelques phénomènes plutôt originaux... Que ce soit le destin hors norme d'un personnage qui a véritablement existé, une maladie étrange et insoupçonnée, ou un événement complètement fou et inimaginable, la vie réelle pullule d'histoires extraordinaires dont nous ignorons, bien souvent, jusqu'à l'existence. Des histoires qui semblent si improbables, aux premiers abords, que nous pourrions même fortement douter de leur véracité si des preuves concrètes ne les attestaient pas !

Je vous invite tout de même à garder à l'esprit tout au long de cette lecture que le fait réel n'est que l'ingrédient initial de mes récits, la petite étincelle qui a mis en branle toute la machine de mon processus créatif. Bien que cet élément fournisse la matière première à mon inspiration, je l'ai ensuite enjolivé et modifié, si bien que la frontière entre réalité et imaginaire y est des plus floues. Chacun de ces contes oscille entre vérité et fantastique et relève de la fiction !

Alors maintenant que vous en savez un peu plus sur le voyage qui vous attend, je vous invite à vous enfoncer dans les limbes de mon imagination, au cœur d'un monde sombre et mystérieux... Doutez par moment, révulsez-vous, révoltez-vous, émerveillez-vous, et si la curiosité vous pousse à découvrir la véritable histoire derrière chacun de ces récits, une annexe à la fin de l'ouvrage vous éclairera...

Le Corbeau

Seigneur ténébreux,
Au sinistre présage.
Oiseau sans âge
Au regard vicieux.

Aux plumes trempées d'encre noire,
Couleur d'une nuit sans espoir.
Hantant les allées Est
D'un cimetière funeste.

Créature à la beauté morbide,
Surgie de l'obscurité de l'enfer.
À la physionomie si austère
Et aux entrailles si avides.

Oiseau au bec luisant,
Désireux d'insectes répugnants.
Buvant goulûment l'eau ombreuse,
D'une mare à la surface vitreuse.

Créature se repaissant
Des chairs pourrissantes

De busards et de merles,
De moineaux et tourterelles.

Oiseau au cri rauque et guttural,
Tel un orque dans le silence automnal,
Faisant entendre aux vivants
Un croassement désespérant.

Régnant à la cime d'un grand arbre silencieux
Aux branches noueuses et malades,
Grinçant dans un vent orageux
Sous une pluie maussade.

Oiseau de malheur
Évadé des profondeurs,
Prenez garde, car le Corbeau
Est sorti de son tombeau !

Le Cirque du chagrin

Cette histoire se déroula dans un cirque,
Qui abritait des êtres aux difformités physiques.
Sous le chapiteau, les spectacles mettaient en scène
Des hommes et des femmes phénomènes.
Dans l'atmosphère feutrée des bougies,
Les représentations étaient emplies de magie.

Les tambours, les cymbales et les trompettes,
Se mêlant au tumulte des applaudissements,
Déchaînaient sous le chapiteau une vraie tempête,
Accompagnée des éclats de rire des enfants.

Des trapézistes s'envolaient sous la grande tente,
Faisant briller les yeux des spectateurs enchantés,
Flottaient dans les fumées d'encens enivrantes,
Mêlées à l'odeur des pop-corns caramélisés.

Des danseuses contorsionnistes virevoltaient,
Sur des chevaux, des zèbres, des éléphants,
Parées de broderies, de soie et d'or brillant
Que les centaines de lumières faisaient scintiller.

Un clown distribuait des sucreries,
Des sucettes et des barbes à papa,
Que les enfants mangeaient avec gloutonnerie
En léchant le sucre sur leurs doigts.

Un nain monté sur un monocycle jonglait,
Lançant dans les airs ses balles colorées.
Un cracheur de feu soufflait de grandes flammes,
Faisant rire les jeunes gens et vibrer les dames.

Un géant de deux mètres vingt et des acrobates,
Formaient une pyramide humaine jusqu'au toit.
Les voltigeurs grimpaient comme des primates
Et réalisaient en quelques minutes un exploit.

Un funambule unijambiste tournoyait sur un fil.
Il virevoltait à ses risques et périls,
Haut, très haut au-dessus des spectateurs,
Et valsait sans se soucier de la hauteur.

Une femme à barbe entonnait du lyrique,
Avec sa voix, mettait en transe le public.
Elle avait d'extraordinaires cordes vocales
Et chantait à en briser les verres de cristal.

Quand la fin du spectacle arrivait,
Le public, petits et grands, était ravi.
Il remerciait les artistes avec une pluie de confettis,
Puis s'en allait, avec une envie folle de rêver.
Les lampions guidaient les gens dans la nuit,
Les escortaient hors du cirque, jusqu'à la sortie.

Un jour, des siamoises rejoignirent la troupe :
Elles avaient toute leur place dans le groupe.

Accrochées l'une à l'autre depuis la naissance,
Des plus remarquables était leur apparence.
Les deux jeunes filles furent accueillies bien haut,
Et eurent rapidement leur propre numéro.

Les gens venaient en masse les admirer,
Voir ces jumelles par le torse et les épaules attachées,
Qui ne pouvaient s'éloigner de sa sœur,
Destinées à tout partager, même leur cœur.
Est-ce un ou deux êtres vivants, c'est la question.
Était-ce humain, une chimère ou une illusion ?

Les représentations du cirque étaient bondées,
Les gens, pour pénétrer la salle, se pressaient.
Mais même si le spectacle semblait magique,
Pour les artistes, c'était beaucoup moins féerique.
Les gens les considéraient comme des animaux,
Leur heure de gloire n'avait lieu que sous le chapiteau.

Le soir dans la loge, les costumes étaient vite retirés.
Les artistes s'en dépouillaient pour revenir à la réalité.
Comme un dernier tour de magie, loin des regards,
Ils redevenaient de simples infirmes : leur cauchemar.
Pourtant, au début, cette situation semblait agréable,
Elle offrait un peu de gloire mais très vite devenait effroyable.

Une horrible bête de foire devinrent aussi les jumelles,
Qui n'étaient même pas traitées en demoiselles.
Sans un mot, elles devaient pavaner sur scène,
Tourner et se montrer comme un simple spécimen.
On riait de leur difformité à gorge déployée,
Devant ces deux filles qui, du doigt, étaient montrées.

Les rires du public ne venaient que de moqueries :
Ils s'échangeaient des sourires et des plaisanteries,
Venaient au cirque comme ils allaient au zoo,
Observant, depuis les bancs, s'enchaîner les numéros.
La joie des bourgeois n'était qu'un bonheur mesquin,
Fondé sur des gens au futur sans lendemain.

Les représentations devenaient des tortures :
Se voir défini par leur physique était une atroce blessure.
Aucune reconnaissance, gentillesse ou sympathie,
Pour ces êtres qui avaient eu le malheur de naître ainsi.
Ils étaient exposés tels des monstres pour leur étrangeté,
Dévisagés, moqués, payés une misère puis oubliés.

Les mois étaient longs mais une fois dans la compagnie,
Ils en devenaient prisonniers, pour ce qui semblait l'infini.
Les artistes phénomènes voyageaient de ville en ville,
Allant ici et là, leurs caravanes jamais immobiles.
Ils sillonnaient sans cesse la route des forains
Et vivaient, au fil des jours, un périple sans fin.

Mais quand certains voulurent quitter le cirque,
Ricanant et avec, sur les lèvres, un sourire cynique,
Leur employeur leur dit : « Vous pourrez me quitter,
Le jour où vous serez normaux, sans plus aucune étrangeté !
En attendant, votre bizarrerie m'est utile et vous n'avez,
De toute manière, aucun autre endroit où aller !
Vous avez déjà de la chance d'être nourris et logés.
Je paye un demi-homme le même prix qu'un homme entier
Et je nourris les deux bouches d'un même sujet ! »

Mais même si tous s'étaient résignés à ce vain espoir
– D'un jour pouvoir quitter cette horrible foire –
Les siamoises y pensaient toute la journée :

Dernières arrivées, leur foi ne s'était pas encore envolée.
Si elles arrivaient à se séparer pour former deux personnes,
Elles pourraient fuir ce cirque avant que leur heure ne sonne.

Peut-être réussiraient-elles un dernier miracle,
Qui changerait leur vie, mettrait fin aux spectacles...
Les jumelles pourraient devenir de simples fillettes.
Elles ne seraient plus de pauvres marionnettes,
Pantins entravés et prisonniers de leurs fils :
Une condition qui leur rendait la vie si difficile.

Mais aucune solution ne s'offrait à elles.
Leur apparence figée était un sort cruel.
Ni la chance ni la science n'étaient de leur côté
Et aucun moyen ne semblait pouvoir les dissocier.
Les expériences répertoriées n'avaient conduit qu'à la mort,
Sans jamais réussir à dupliquer les corps.
Les siamoises restaient donc captives de la scène,
Vivant au milieu des forains semaine après semaine.

La toile du chapiteau était montée et démontée,
Transportée au fond des roulottes puis de nouveau installée
Sur un autre terrain pour les mois suivants.
Le tissu, délavé par le soleil, était battu par le vent,
S'usait par le froid et le chaud, au gré des saisons.
Une couche de peinture était repassée sur les inscriptions
Dès que celles-ci s'estompaient un peu trop
Et les coutures ayant cédé, reficelées comme il faut.

Le temps qui passait leur enlevait toute espérance,
Et elles voulaient parfois mettre fin à leur existence.
Car les jumelles étaient traversées par de tristes pensées,
Des sentiments noirs qui toutes les nuits les envahissaient.

Mais un jour, arrivées dans un nouveau village,
Elles eurent connaissance d'un médecin, leur redonnant courage.

Malheureusement, l'homme ne put que leur redire,
Que c'était un fait impossible à accomplir.
Il pouvait procéder à une opération pour les séparer,
Mais avec un unique cœur, une seule survivrait.
Elles avaient bien deux têtes et deux cerveaux,
Mais ce n'était pas le cas pour les autres organes vitaux.

Solution radicale, c'était également leur dernière
Et seulement quelques jours, elles hésitèrent.
Les jeunes filles retournèrent voir le médecin,
Car dans le cirque trop grand était leur chagrin.
Elles voulaient quitter cet endroit maudit,
Et la solution n'était que la mort ou la vie.

Ne pouvant trancher laquelle rejoindrait l'au-delà,
Leur dernière piécette servit à décider de l'aléa.
Le médecin leur donna une potion pour les ensommeiller,
Les installa sur une table, sortit son matériel de chirurgie.
L'une choisit pile, l'autre face et, une fois endormies,
Le docteur lança la pièce pour décider de leur destinée.

La laborieuse opération dura toute une nuit,
Et au matin, comme prévu, une seule était en vie.
Des cicatrices se dessinaient sur le corps de la survivante,
Lui rappelant à jamais le sacrifice de sa sœur
Qui lui avait permis d'être toujours vivante
Et de pouvoir quitter ce cirque d'horreur.

Le sommeil éternel de l'une offrit la liberté à la seconde,
Ouvrant les barreaux de cette cage diabolique

Pour permettre à un des oiseaux de découvrir le monde,
Loin des critiques sur les difformités physiques.

Une compagnie inattendue

Un vieillard habitait la demeure familiale,
Dans un coin reculé qui était sa région natale.
Au fond du jardin, sous les branches d'un églantier,
Était enterrée sa femme depuis maintes années.
La tombe, il la fleurissait chaque jour,
Pour se remémorer son grand amour.

Sa fille et ses fils avaient quitté la région,
Il y a bien longtemps, emportés loin de la maison.
Ils avaient grandi entre ces vieux murs,
Usé le plancher et arpenté les recoins au fil des ans,
Puis avaient disparu dans un murmure,
Soufflés un beau jour par le temps.

Les saisons se dessinaient sur le visage du vieillard,
À la peau ridée, aux yeux plissés et aux cheveux blafards.
Ancien médecin, il avait toujours été en bonne santé,
Et avait ainsi atteint un âge très avancé.
Il avait son chat, Casper, pour seule compagnie,
Un gros matou aux poils noirs, poivrés et gris.

Le vieil homme observait les oiseaux par ses fenêtres,
Qui venaient se poser sur les branches du hêtre.

Il les connaissait tous, du petit moineau friquet
À la mésange charbonnière en passant par l'étourneau sansonnet.
Il passait des heures à les écouter pépier sans répit,
Du lever du soleil jusqu'à la tombée de la nuit.

Dans sa verrière à l'arrière de la bâtisse,
Il s'occupait également de ses plantes.
Il faisait pousser des géraniums et des iris,
Qu'il arrosait avec une attention constante.
Il flottait dans la serre des senteurs florales,
Qu'embaumaient les centaines de pétales.

Bien que le vieil homme ne recevait jamais de courrier,
Son journal, tous les jours sur le perron, l'attendait.
Il s'installait sur son fauteuil de cuir, caressant son matou,
Proche de la lumière et son chat ronronnant sur ses genoux.
Tous les matins, c'était le même rituel de lecture.
Commencé il y a longtemps, il l'effectuait avec droiture.

Mais un beau matin, ses lunettes furent introuvables.
Alors qu'il les laissait d'ordinaire sur sa petite table,
Elles n'y étaient plus quand il voulut lire son quotidien.
Il se creusa la tête, essaya de retracer leur chemin.
Il était pourtant certain de les avoir déposées là-dessus,
La veille, juste à côté de leur petit étui en tissu !

Il chercha et chercha durant toute la journée,
Marmonnant mais sans parvenir à les retrouver.
Ce ne fut que le soir qu'il les découvrit dans ses draps.
Consterné, il accusa à première vue son gros chat.

Les jours passèrent mais il dut abandonner,
L'idée d'un jour comprendre ce qu'il s'était passé.

Mais dix jours plus tard, ce fut sa canne qui disparut.
L'objet, au porte-manteau, n'était plus suspendu !
Celle-ci, il ne la retrouva que le lendemain matin,
Plantée, il ne sait comment, dans son jardin.

Ce genre d'événements se répétèrent,
Sans qu'il en comprenne jamais la manière…
De plus en plus fréquemment des choses bougeaient,
Et le matin, il ne les retrouvait plus où il les avait laissées.

Il découvrit ainsi un jour une tasse dans un pot de fleur,
Et à chaque nouvel incident, s'insinuait en lui une grande peur.

Il se mit alors à faire des insomnies.
Quand venait le soir, il fermait les portes à double tour,
Vérifiait le verrou de chaque, le moindre trou de souris,
Puis montait dans sa chambre à pas de velours.
Il épiait tout bruit car au moindre craquement du plancher,
Il s'imaginait une personne tapie dans l'obscurité.

Il tenta en vain de trouver des traces de passage,
Tout semblait désigner comme coupable son âge.

Le vieillard sortit de moins en moins de chez lui,
Craignant pour sa vie, craignant cet étrange ennemi.
Il n'allait même plus récupérer son journal,
De peur d'un autre phénomène paranormal.

La maison était visitée presque toutes les nuits,
Et le vieux monsieur sombrait peu à peu dans la folie.
Une effroyable paranoïa s'empara de l'homme âgé :
Rien n'était pourtant dérobé, jamais il n'était attaqué.

Mais dans ses tiroirs bougeaient les couteaux,
Dans la cave, sa pioche, sa hache et son marteau.

Son pistolet qu'il rangeait dans sa table de chevet,
Se retrouva même un matin dans sa salle à manger.
Et son coffre-fort caché dans son placard,
Il le découvrit ouvert, bien qu'il ne manquât aucun dollar.

Suite à cela, il ne dormit pas pendant trois jours,
Son arme à feu dans la main, craignant d'y avoir recours.
Mais rompu de fatigue, ses traits se creusaient
Et il s'assoupit pendant la troisième soirée.

Comme tous les autres soirs, dès qu'il ferma l'œil,
Quelqu'un sembla encore franchir le seuil...

Il ne savait malheureusement plus quoi faire,
Ne savait même pas à quoi il avait affaire !
Était-ce des fantômes, la vieillesse, son esprit ?
Était-ce un voleur qui attendait la venue de la nuit ?

Malheureusement, les soirs où il veillait pour le découvrir,
Rien n'apparaissait et il ne pouvait en finir.

Aucune porte ni fenêtre n'était forcée,
Jusque dans son lit, il en gardait les clés !
Bientôt la moindre ombre lui fit peur :
Il vivait constamment dans la terreur.

Le vieillard ne sortait plus jamais de chez lui,
Se barricadait dès que sonnait minuit.

Il semblait vivre un cauchemar sans fin,
Dont il n'arrivait à s'échapper matin après matin.

Il avait la sensation d'être toujours épié,
Et se mit à craindre son propre foyer.

Il sursautait pour le moindre courant d'air,
Était tendu, hurlait lorsque le frôlait Casper.

Un jour, le gros matou fit tomber une assiette,
Et à son maître définitivement perdre la tête.
Le vieillard, durant une terrible crise, tua son fidèle ami.
Mais le lendemain, il en retrouva le cadavre dans son lit...

Ses nerfs étaient à vif, ces cauchemars étaient constants :
Tout était piège, diabolique et œuvre de Satan.

Mais si le soir vous passiez aux abords de son domaine,
Vous le verrez qui, inconscient, s'y promène.
Or au petit jour, des souvenirs il n'en avait aucun :
De ses escapades nocturnes, il ne se rappelait rien.
Car sa démence n'était nullement liée au mysticisme,
Le vieillard était seulement victime de somnambulisme.

L'Homme sans tête

Mon histoire est des plus singulières,
Car mon existence devint une grande première.
Personne n'avait jamais survécu à une décapitation
Jusqu'au jour où j'en fis l'expérimentation.

Ne commencez pas à chuchoter,
Je ne l'ai pas fait de mon plein gré !
Je n'avais pas encore perdu la tête,
Au point de découper ainsi ma silhouette !
J'avais simplement été condamné à mort,
Pour avoir volé quelques pièces d'or…

Aux premières heures d'un jour de janvier,
Après avoir imploré une dernière fois « pitié ! »,
Je fus emmené sur l'échafaud,
Mon crime annoncé bien haut.

La lame de la guillotine s'abattit,
Devant une foule réjouie.
Au dernier moment, je fermais les yeux,
Réflexe, dans cette situation, bien malheureux…
Mon sang vint éclabousser le public
Et ma tête se détacha de mon corps sans un hic.

Mais lorsque j'ouvris les paupières,
Je vis des visages blêmes faire leur prière.
Des hommes hurlèrent, des dames s'évanouirent,
Des enfants pleurèrent, d'autres s'enfuirent.

Car je me rendis compte rapidement,
Que je faisais encore partie du monde des vivants.
Miracle, enfant sauvé par la grâce de Dieu,
On me rendit ma liberté sous peu.
Je fus acquitté de ma terrible peine,
Et devins immédiatement un phénomène.

Mon histoire se répandit dans tous les journaux.
L'on me surnomma « le survivant de l'échafaud »,
« Le miraculé », « l'homme sans tête »,
Bref, je devins une vraie vedette !

Grâce à un peu de ficelle et un bon chirurgien
Mes plaies furent rafistolées très bien.
Il dégagea dans mon cou simplement la trachée,
Pour que je puisse un peu m'alimenter.
Avec ma tête, je pouvais parler et voir,
Et avec le reste de mon corps, marcher et boire.

J'étais contre-nature, une exception :
J'avais échappé à une décapitation !
Je n'avais en rien perdu de mes capacités,
J'étais simplement divisé en deux moitiés...

Des scientifiques se penchèrent sur mon cas,
Car ma personne, très fort les intrigua.
Ils déduisirent que mon tronc cérébral
Et ma carotide avaient survécu à la peine capitale.

Un caillot sanguin s'était formé sur la plaie,
Empêchant ainsi mon sang de s'écouler.

Toutes les fonctions telles que la respiration,
Le battement cardiaque, la digestion,
La parole et la vue avaient été conservées.
Même mon cerveau continuait de fonctionner !

Je ne dépassais plus le mètre cinquante
Mais je menais une vie surprenante.
Je fis le tour du monde, je fus photographié,
Tous voulaient voir de leurs yeux le miraculé.
J'étais célèbre, j'étais riche, j'étais en vie !
Je me croyais en pleine rêvasserie !

Mais vivre en deux parties était embêtant,
Car sans ma tête, mon corps était non-voyant,
Et sans mon corps, ma tête était paralysée.
Il ne fallait pas que j'égare une de mes extrémités !

Pendant des mois, je portais ma tête sous mon bras,
Jusqu'au jour où un savant se pencha sur mon cas.
Ce n'était qu'un étudiant en philosophie naturelle
Mais passionné par mon histoire exceptionnelle.
Il me proposa de tester une grande première,
Si évidemment j'étais volontaire…

Avec quelques outils de chirurgie et mon accord,
En dix heures, il raccrocha ma tête à mon corps.
Le travail fut long et minutieux,
Mais il fut surtout fructueux !

Je n'étais plus un monstre, n'inspirais plus le dégoût,
J'avais seulement une cicatrice autour du cou.

Je redevins soudainement un inconnu,
Le plus normal des individus !
Après avoir été le premier survivant décapité,
Je fus le premier homme rapiécé !

Le Recueil des Curiosités

À l'abri des larmes

C'est l'histoire d'une petite fille,
Aussi chétive qu'une brindille,
Aussi pâle qu'une lune blafarde,
Aussi silencieuse qu'une ombre
Et que l'on pourrait prendre, par mégarde,
Pour une âme venant d'outre-tombe.

Mais cette enfant avait une vie bien triste,
Car elle avait une malédiction surréaliste !
Son corps craignait le contact de l'eau.
Aucune goutte ne pouvait toucher sa peau
Sans y laisser de profondes marques de douleur :
Des sillons rouges qui l'emplissaient de peur.

La fillette ne sortait donc que rarement,
Jamais en la présence d'un nuage menaçant.
Elle ne pouvait laisser échapper la moindre larme
Qui lui faisait aussi mal qu'une arme.
Pourtant, elle en avait très souvent envie,
Mais devait se retenir pour sa propre vie.

Elle passait des heures à se morfondre,
L'esprit envahi par des milliers de questions,

Qui tournoyaient en un infernal tourbillon
Mais auxquelles elle ne pouvait répondre...
Sa vie était étrange pour une enfant de dix ans,
Qui s'imaginait un futur bien inquiétant...

La jeune fille passait ses journées très seule,
S'imaginant déjà couchée dans son linceul.
En journée, la demeure de ses ancêtres :
Bâtisse gigantesque à l'allée de hêtres,
Était vidée de toutes activités et tous bruits,
La plongeant dans un profond ennui.

Elle arpentait les nombreux couloirs,
Tel un fantôme hantant un cimetière,
Une âme sans aucun but qui erre,
Privée depuis bien longtemps de tout espoir.
Elle cherchait de nouveaux loisirs à pratiquer,
Qu'elle n'eût pas déjà fait depuis toutes ces années...

Car elle en connaissait déjà un bon nombre :
Elle chantonnait, dessinait la moindre ombre,
Dansait, peignait, lisait et jouait du piano.
Oh, cette magnifique mélodie qui montait haut !
Ces quelques notes qu'elle produisait de ses doigts,
Qui s'envolaient dans la maison et l'emplissaient de joie !

C'était un de ses passe-temps favoris,
Qui lui permettait de donner voix à sa mélancolie.
Elle passait des heures assise sur sa banquette,
Se sentant libre, elle-même et hors de portée
Des problèmes qui jalonnaient ses journées
Et qui la rendaient si particulière et secrète.

Comme il lui était défendu de toucher l'eau,
Elle avait la fâcheuse manie de caresser tout le reste,
Promenant ainsi ses doigts sur le velours des rideaux,
Sur les tapisseries, les meubles et le tissu des vestes.
Ses yeux aimaient fureter, ses mains effleurer.
Et cela, elle ne voulait pas y remédier.

À l'inverse, elle avait de nombreux autres souhaits.
Elle aurait aimé voyager, se faire des amis :
Des enfants de son âge avec qui elle pourrait jouer.
Mais à cause de sa maladie, cela lui était interdit.
Elle restait cloîtrée entre quatre murs, coincée chez elle,
Sans relations sociales, privée de ses ailes.

Au printemps, bourgeonnaient les fleurs,
En cette saison, elle pouvait sortir quelques heures.
C'était une de ses périodes favorites :
Le ciel était bleu, l'herbe étoilée de marguerites.
Des milliers de petites choses l'attiraient
Et son quotidien était moins enténébré.

Mais quelques averses déprimantes,
Continuaient de la plonger dans la tourmente...
Les nuages gris se déchiraient par surprise,
Déversant sur la fille son plus grand malheur,
Assombrissant le paysage ainsi que son cœur.
Ah ! Horrible fatalité qu'elle méprise !

Heureusement venait après l'été.
Les couleurs et les beaux jours s'installaient.
Elle se rendait souvent au fond du jardin,
Dans un petit cimetière où reposaient ses aïeux.
Les tombes se penchaient, matin après matin,
Mais la fillette aimait bien flâner en ce lieu.

De ses doigts frêles, elle caressait les pierres,
Froides, anciennes et rongées de lierre.
Elle écoutait le silence de cet endroit :
Ici, pas un son, pas un bruit, pas une voix.
Elle était seule, seule avec les secrets du domaine
Et il s'y produisait d'étranges phénomènes...

Quand la brume matinale se voyait encore,
Nappe blanchâtre sans aucun corps,
L'enfant semblait rencontrer des âmes.
Des formes à demi esquissées...
Ici, un bras, un visage, une femme...
Des silhouettes que le brouillard dessinait.

Cela ne se pouvait, elle devait perdre la raison !
Car elle semblait discerner des lamentations...
Des chuchotements que le vent lui murmurait,
Qu'elle pensait parfois avoir imaginés !
Elle reconnaissait des ancêtres d'autres temps,
Des peintures à moitié effacées par les ans.

Le nuage pâle se mouvait, la trompait,
Rongeant les racines des tombes fissurées,
Tapissant l'herbe d'un voile floconneux,
Qui fuyait entre les mains : fait mystérieux.
La jeune fille voulait approcher ces fantômes,
Ces profils qui lui susurraient des psaumes.

Elle les enviait de ne pas avoir de barrière,
Ces êtres qui n'étaient plus que des souvenirs,
Apparaissant, disparaissant dans un soupir.
Elle désirait pouvoir repousser les frontières,
Arrêter de craindre un sort funeste,
Qui lui réservait un avenir cauchemardesque.

Mais suivait ensuite l'automne,
Et elle se retrouvait de nouveau sans personne.
La fillette restait des semaines enfermée,
Assise, sans bouger, sur le bord des fenêtres.
Mais elle ne pouvait qu'en observer l'autre côté,
Songeant encore à ces étranges êtres…

Elle assistait au changement de saisons,
Observait les couleurs se faner, varier de tons.
Les feuilles semblaient brûler sans feu,
Passant progressivement de vert à or,
De rouge à ocre, jusqu'à un ton terreux.
Les arbres passaient de la vie à la mort…

Les branches noueuses se décharnaient,
Laissant leurs feuilles tomber et s'envoler.
Le ciel paraissait se recouvrir de poussière,
Des nuages gris se formant dans l'air.
Des éclairs fissuraient les cieux,
Lames d'argent au bruit monstrueux.

Les paysages se décoloraient en quelques jours,
Comme si le monde se délavait pour toujours.
La pluie régulière venait attrister ce décor,
Contrée qui semblait ne plus connaître l'aurore.
Le front appuyé contre les carreaux,
La jeune fille maudissait toute cette eau.

Les gouttes venaient s'écraser sur le verre,
Ruisselant et façonnant d'étranges rivières.
Elle approchait ses mains, faisait glisser ses doigts,
Effleurait l'interdit, sentant même son froid.
Le ciel extériorisait sa tristesse cachée,
Déversant des larmes qu'elle ne pouvait faire couler.

Dehors, des jeunes couraient sous la pluie,
Bondissant, s'éclaboussant, trompant l'ennui.
Elle aurait aimé les rejoindre,
Les règles, un peu les enfreindre,
Pouvoir, avec eux, sauter dans les flaques d'eau,
Sortir avant que ce lieu ne devienne son tombeau.

Puis c'était au tour de l'hiver.
Le gris devenait un blanc austère,
Les gouttes de pluie, des paillettes d'argent.
Le froid recouvrait tout de son manteau blanc :
La fillette semblait vivre dans une boule à neige,
Enorme demeure où elle était prise au piège.

La jeune fille regardait les flocons tomber,
Rêvant de mettre la tête en arrière pour les avaler,
S'imaginant pouvoir marcher dans la poudreuse,
Et de faire des promenades heureuses.
Oh comme elle aimerait pouvoir ressentir,
Le froid sur sa peau avant de partir !

Elle aurait voulu, rien qu'une fois,
Façonner un bonhomme de neige de ses doigts.
Pouvoir toucher la froideur de la glace,
Faire des anges sur le sol avec ses bras,
Des batailles de boules de neige sans menace,
De la luge sur la colline, glisser sur le verglas.

Des milliers de fois, elle avait supplié ses parents,
De pouvoir enfiler une écharpe et un bonnet,
De sortir quand la neige aurait cessé.
Mais ils craignaient un accident…
Qu'elle trébuche et tombe sur le lit de cristaux,
Qui lui causerait alors de terribles maux.

Elle passait donc de longs mois chez elle,
Sous une couverture, au pied de la cheminée,
Lisant ou dessinant à la lueur d'une chandelle.
Elle oubliait un moment le paysage saupoudré
De l'autre côté de la porte mais si inatteignable :
Tel était le malheur de la saison hivernale…

L'enfant passait beaucoup de temps dans le manoir,
Où elle était inondée de sentiments bien noirs…
Les fantômes du domaine hantaient ses pensées,
Elle les enviait année après année !
Le poids des ans accumulés la rendait folle,
Elle voulait plus que tout prendre son envol !

Elle souffrait énormément de sa solitude,
Ne la supportait plus : trop d'inquiétudes.
Comme la peinture des volets en vint à s'écailler,
La jeune fille désespérait et décrépissait.
Elle maigrissait, devenait de plus en plus pâle :
La fleur de sa jeunesse perdait de ses pétales.

Elle semblait une morte chez les vivants,
Yeux perdus qui regardaient s'écouler le temps.
Un soir, alors qu'elle n'arrivait pas à dormir,
Fait régulier qui la faisait dépérir,
Elle sut qu'elle ne vivrait pas d'autres jours,
Qu'elle devait y mettre fin pour toujours.

Alors, lorsqu'elle entendit le tonnerre,
Elle comprit que ce serait la fin de son calvaire.
À l'extérieur, le murmure de la pluie l'appelait.
Elle quitta donc son lit, descendit l'escalier,
Poussa la porte et s'arrêta sur le perron :
Il était temps d'abandonner la raison.

Vêtue de sa simple robe de nuit laiteuse,
Elle pénétra l'atmosphère ténébreuse.
Elle semblait, plus que jamais, n'être qu'un songe,
Dévorée par un mal qui, de l'intérieur, la ronge.
La jeune fille ressemblait à un pétale de rose
Qui allait enfin se libérer de sa psychose.

Elle laissa la pluie glisser sur elle,
Silhouette claire, frêle être de dentelle.
Elle se sentait pour la première fois vivante.
Les gouttes lui traçaient des veines rougeoyantes
Mais elle ignorait la douleur de la fatalité,
Souhaitant profiter de son ultime liberté.

Sur ses joues éclataient ses pleurs,
Des larmes de bonheur, des larmes de sang,
Des larmes de joie, des larmes de douleur.
Ses dernières paroles étaient emportées par le vent,
Se mêlant aux rugissements de l'orage
Comme le chant d'un dernier hommage.

Elle sentait son corps défaillir,
De ses membres, la vie partir.
Le tissu humide de sa robe l'enveloppait,
Dans un cocon, à jamais il l'enfermait.
Elle leva les yeux vers le ciel d'encre noire,
Telle, au milieu d'une fontaine, une statue d'ivoire.

Car à ses pieds s'étalait une mare vermeille,
Une flaque sur laquelle la lune se reflétait.
Elle allait enfin plonger dans un éternel sommeil,
Rejoindre les spectres qu'elle jalousait.
Elle tomba à genoux, lâcha son dernier soupir,
Se coucha entre pluie et sang pour mourir.

Le Recueil des Curiosités

Papillon

« Insectes aux ailes de dentelles, à l'infinie grâce,
Aux couleurs aquarelles, à la beauté si fugace.
Créatures du jour, de la nuit, du jardin ou de la forêt,
Butinant les fleurs des champs sous le ciel d'été.
Maîtres incontestables de la métamorphose :
Si délicats sont les papillons, des créatures grandioses ! »

Voici comment Isidore Dubois, un célèbre entomologiste,
Décrivait les lépidoptères dans sa dernière étude naturaliste.
Passionné par ces insectes depuis sa tendre enfance,
Il fut vite reconnu comme un grand homme de science.

Isidore avait bâti une serre à papillons sur sa propriété,
Dans laquelle il passait des heures à déambuler.
À travers les parois vitrées miroitaient les rayons du soleil,
Éclairant d'une lumière dorée un havre de merveilles !
Des centaines de papillons côtoyaient d'exotiques fleurs,
Faisant de la serre un kaléidoscope enchanteur !

Le naturaliste observait, grâce à un verre grossissant,
Ses multiples spécimens évoluer dans leur environnement.
Il esquissait ensuite ses découvertes dans un carnet,
Griffonnant installé à une petite table en fer forgé.

Un soir, alors qu'il dessinait comme à son habitude,
Il s'endormit dans la verrière, dans la plus totale solitude.
Le lieu n'était éclairé que par l'unique flamme de sa chandelle,
Tout autour de lui bruissait le murmure de centaines d'ailes.
Mais au petit matin, sa femme le découvrit raide mort :
Or, aucune souffrance n'étirait les traits de son cher Isidore !

La vie s'en était allée sans aucune raison apparente,
Alors que des années, M. Dubois n'en avait que quarante…
Sa femme, accablée de tristesse et d'incompréhension,
Voulut à tout prix découvrir les causes de cette disparition.

Dès l'aube, elle fit appel au meilleur médecin légiste :
Peut-être qu'en autopsiant le corps il trouverait une piste...
Brisée, éplorée, elle se rattachait à ce maigre espoir,
D'un jour découvrir le fin mot de cette tragique histoire.
Alors que huit heures n'avaient pas encore sonné,
Un fiacre mortuaire vint chercher le trépassé.

Le chemin jusqu'à la morgue était long et désolant.
Un silence lugubre régnait, entrecoupé de seuls grincements.
À l'arrière de la voiture reposait le corps abandonné par la vie :
Les traits paisibles, on aurait pu le croire simplement assoupi...

Soudain, dans un instant d'égarement, le cocher ne put éviter
Un vilain nid-de-poule, en plein milieu de la chaussée.
Tout le fiacre en fut secoué, du roulier jusqu'au défunt.
Par chance, ce ne fut rien de grave et il poursuivit son chemin.
Mais le choc redonna un souffle de vie à Isidore,
Imperceptiblement, il rebroussa le chemin des morts...

À la morgue, la dépouille fut allongée sur la table d'autopsie.
Le médecin légiste se prépara à effectuer sa nécropsie.

Il déshabilla et lava le défunt, astiqua ses instruments,
Remonta ses lunettes sur le haut de son nez et enfila ses gants.

Mais alors qu'il se penchait sur le corps afin de l'examiner,
Il crut percevoir un léger souffle à travers les lèvres pincées.
Incrédule, il prit son stéthoscope et écouta attentivement :
Il n'en croyait pas ses oreilles, le cœur battait très faiblement !
Le pouls irrégulier n'allait cependant pas tarder à s'arrêter,
Afin de sauver son patient, il devait agir dans les moindres délais !

Le légiste, non habitué à recevoir des hommes encore en vie,
Eut un instant de peur intense avant de reprendre ses esprits.
Il s'épongea le front du revers de la main, inspira profondément,
Retroussa les manches de sa blouse et s'activa fébrilement.

Il répéta de fortes pressions sur la cage thoracique,
Jusqu'à ce qu'Isidore ressuscite, tel après un choc électrique.
Le corps du naturaliste se tendit, il ouvrit des yeux terrifiés.
Mais ses mains s'agitaient, il cherchait en vain à respirer...
Enfin, il toussa et cracha une nuée de papillons splendides,
Qui s'envolèrent aux quatre coins de cette cave sordide.

Au fond de sa gorge, ils avaient simplement fait leur cocon,
L'étouffant dans son sommeil, dans la plus grande discrétion !
Par chance, l'accident du fiacre avait délogé les chrysalides,
Offrant une chance au médecin de corriger cette mort stupide...

Quelle ne fut pas la joie et la stupéfaction de sa femme,
Que de voir son mari de retour, après avoir cru à un drame.
Bien qu'Isidore sortit par chance indemne de cette mésaventure,
Jamais plus il ne regarda du même œil ses belles créatures !
Dans la serre, silence : il n'osait plus émettre le moindre son,
Et gardait la bouche close, afin que n'y rentre aucun papillon !

Une histoire de fantômes

L'étrange histoire que je vais vous narrer,
M'a été, il y a quelques mois, à moi-même racontée.
Une vieille dame me relata cette légende funeste,
Au cours d'une de mes expéditions en Europe de l'Est.
Je sillonnais le royaume de Pologne durant ce long voyage,
Ce qui m'amena à faire une étape dans un petit village.
Dans l'auberge où je m'étais installé pour la nuit,
Une vieillarde regardait le feu de l'âtre sans un bruit.
La lueur des flammes éclairait son visage ridé
Et ses cheveux blancs, fins comme des fils d'araignée.
Je ne saurais déterminer avec précision son âge.
Sûrement plus d'un siècle tellement son regard était sage.
Curieux d'en savoir plus sur les coutumes de cette région,
Je m'assis à ses côtés et débutai la conversation.
Mes dizaines de questions et mon vif intérêt,
Rendirent l'échange des plus passionnés.
Son sourire était bienveillant, sa voix captivante,
Malgré son âge, la vieillarde était encore pétillante.
Mais lorsqu'elle apprit que je souhaitais poursuivre vers le nord,
Ses yeux perdirent leur chaleur et semblèrent morts.
« N'allez pas au village de Korztock, me dit la dame âgée.
Il est maudit ! Déviez votre route, n'y mettez pas les pieds !

Rallongez votre périple s'il le faut mais fuyez ce lieu de
malheur ! »
Son agitation et sa dureté me firent extrêmement peur.
Perplexe, je lui demandai quelle était la raison
De cette brusque et étrange interdiction.
Elle plongea alors son regard au fond de mes yeux
Et débuta la narration de son récit mystérieux.

« Cela fait bien longtemps que cette ville est hantée,
Il y a près d'un siècle qu'elle a été abandonnée…
Une profonde tragédie a jadis frappé cette commune :
Vous n'y découvrirez que désolation et infortune !
Korztock n'est maintenant plus qu'un tas de ruines,
Des vestiges rongés par des ronces et leurs racines.
Mais cette ville fantôme renferme un lourd passé,
De terribles souvenirs qu'il faudrait mieux oublier…
C'était pourtant autrefois un village florissant,
Il y avait une école et même un hôpital récent.
Korztock était à l'époque à la pointe de la modernité,
Avec une petite gare, un puits : toutes les commodités.
La vie dans ce village était agréable, tout semblait y réussir.
Jusqu'au jour où d'étranges faits s'y produisirent…
Des enfants naquirent avec des malformations :
Un sixième doigt à une main ou un unique œil sur le front…
Mais également avec des maladies rarissimes
Tels que le mutisme, la cécité ou l'albinisme.
Et même si isolés ces cas n'ont rien de dramatiques,
À Korztock, ils étaient de plus en plus périodiques.
Car dans cette ville d'à peine six cents habitants,
Les cas singuliers étaient extrêmement abondants…
Des jeunes se mirent même à faire des rêves prémonitoires,
Et un vent de peur souffla sur le territoire.
La méfiance rôdait dans chaque rue de l'agglomération,
La jeune génération provoquait d'affreux frissons.

Les citoyens craignirent les enfants de leurs voisins,
Puis eurent peur de leurs propres bambins.
Les jeunes gens étaient anormaux, aliénés !
Et bientôt tous les malheurs leur furent attribués ;
Que ce soit les mauvaises récoltes au printemps,
Ou encore un hiver précoce, très rude et éprouvant...
Au bout d'un an, les accusations de sorcellerie débutèrent,
Et à partir de ce jour-là, les moments heureux s'évaporèrent.
L'effroi causé par ces êtres était devenu insupportable,
Korztock souffrait maintenant d'une réputation abominable !
Certains affirmaient que Satan les avait damnés,
Ou que Dieu les punissait pour leurs péchés.
Ils étaient en proie à une horrible malédiction
Et la mort des monstres semblait l'unique solution.
D'affreuses rumeurs se transmirent de bouche à oreille :
Les albinos seraient des vampires car ils craignaient le soleil,
Ils se nourriraient la nuit du bétail dans les champs
Et videraient les bêtes jusqu'à la dernière goutte de sang.
Le lendemain, les bergers trouvaient leurs troupeaux décimés,
La terre gorgée du sang des animaux, totalement éventrés.
Les villageois en étaient persuadés : il ne s'agissait pas de loups,
Mais de l'œuvre démoniaque des enfants fous.
Craignant qu'ils s'attaquent bientôt à eux,
Les habitants décidèrent de tuer les malheureux.
Alors au milieu de la nuit, dans le plus grand des secrets,
Les adultes préparèrent le massacre des êtres suspects.
Et quelques heures avant l'aube, ils mirent fin à leur calvaire
En exterminant les enfants d'odieuses manières.
Nombreuses étaient les accusations de sorcellerie
Et toute la jeune génération du village perdit la vie.
Les exécutions furent des plus épouvantables !
Certains furent brûlés au bûcher sur la place centrale,
D'autres eurent le cœur transpercé d'une lance :

Tous périrent dans d'affreuses souffrances.
Les parents pleuraient en assassinant leurs enfants,
Qui les suppliaient d'arrêter cet odieux tourment.
Une fois leur macabre travail exécuté,
Les familles fuirent la ville sans se retourner.
Seul un petit groupe d'hommes resta pendant trois jours,
Pour enterrer les victimes dans le cimetière de leur bourg.
Les corps furent solidement enchainés dans les cercueils,
Puis enfouis lors d'un rituel afin d'éloigner le mauvais œil.
Les cadavres furent inhumés face contre terre,
Et les clés des liens dispersés dans une rivière.
Une fois les dernières dépouilles pour toujours ensevelies,
Le village fut abandonné, et il l'est encore aujourd'hui…

Ces événements paranormaux, j'y ai moi-même assisté…
J'étais présente lors de ce massacre il y a des années…
Je me souviens des flammes qui dévoraient les enfants,
Du village entier s'élevaient des centaines de hurlements.
Puis au petit matin, il n'y avait plus le moindre bruit :
Un lourd silence régnait… Ce fut la pire nuit de ma vie !
Je vous le dis, Korztock est un lieu damné !
Et maintenant, son village, son cimetière, sont hantés ! »

Mais le morbide récit de la vieillarde, loin de me faire peur,
Raviva ma curiosité, pour mon plus grand malheur…
Les images qu'il avait fait naître en moi m'intriguèrent,
Et me poussèrent à me rendre à Korztock et à son cimetière.
Le lendemain matin à l'aube je pliai donc bagage,
Poursuivre vers le nord mon fabuleux voyage.
Mon cheval peina de longues heures dans la neige,
Qui recouvrait tout de son manteau blanc, très piège.
Le froid mordant me cinglait le visage constamment
Et je devais relever mon col pour ne pas claquer des dents.
Mais après de pénibles moments de souffrance,

Je vis enfin émerger les ruines au loin comme récompense.
Je reconnus tout d'abord la silhouette de l'hôpital,
Puis les autres bâtiments : spectacle spectral !
Malgré les ans, les épais murs de pierre avaient bien tenu
Et seules les vitres avaient depuis longtemps disparu.
Le village fantôme était plongé dans un profond silence,
Un calme anormal qui inspirait d'emblée la méfiance.
Je pénétrai au hasard dans une petite demeure,
Où le vent s'engouffrait en sifflant à toute heure.
Malgré les intempéries, le mobilier était toujours là,
Souvenirs d'une population qui jamais ne reviendra...
Des rideaux en lambeaux dansaient aux fenêtres,
Dans les tiroirs reposaient les affaires des ancêtres.
La cuisine était encore occupée de toute sa vaisselle,
La plupart éparpillée en éclats aussi fins que de la dentelle.
Les traces de ce passé révolu me troublèrent,
Et je décidai de me rendre aussitôt au cimetière.
Je n'avais soudain plus aucune envie de m'attarder ici,
Dans ce village que les vivants avaient désespérément fui. Étant rationnel, je croyais peu à cette malédiction,
Mais ce lieu était indéniablement rempli d'émotions...
Dans le cimetière, mes yeux parcoururent les tombes :
Nombreuses avaient été les victimes de cette hécatombe.
Sur les stèles les inscriptions commençaient à s'effacer,
Attaquées par le temps, elles se penchaient et se fissuraient.
Alors que je me promenais entre les pierres tombales,
Le bruit de mes pas étouffé par la neige, j'entendis un râle.
Je tendis l'oreille à l'écoute d'un nouveau chuchotement ;
Mon rythme cardiaque s'accéléra dans ce lieu oppressant.
Je m'immobilisai et cherchai une ombre du regard ;
De faibles gémissements m'entouraient de toutes parts.
La panique me gagna à mesure que les bruits grandirent.
Sous mes pieds, les cadavres semblaient vouloir sortir...
Dans leur demeure souterraine, les morts s'agitaient :

J'entendais leurs lourdes chaînes s'entrechoquer,
Le grincement de leurs ongles sur le bois des cercueils,
Ainsi que leurs lamentations sépulcrales : terrifiant accueil !
Je n'arrivai plus à respirer, une peur bleue m'envahit,
Mon corps était paralysé : je devais perdre l'esprit !
L'enfer semblait gronder à quelques mètres sous mes pieds,
Réalité ou hallucination, je sentais le sol trembler...
Les défunts faisaient un vacarme assourdissant,
Je plaquai mes mains sur mes oreilles et partis en courant.
Je peinais dans la neige, mon corps parcouru de frissons,
Réussissant non sans mal à me diriger malgré l'aquilon.

Jamais plus je ne m'aventurerai dans ce lieu de malheur !
De toute ma vie, ce fut ma plus tragique erreur !
L'évocation de ces souvenirs me fait encore trembler,
Mes nuits en sont depuis des mois hantées !
Dès que je ferme les yeux, je revois ce cimetière maudit,
J'entends toujours les morts et leurs effroyables cris...
Les cauchemars m'ont fait perdre le sommeil,
Je maudis ! maudis ! le jour où j'ai rencontré la vieille !
J'aurais dû l'écouter, apporter foi à son récit démoniaque,
Sûrement qu'aujourd'hui je ne serais pas insomniaque...
Peut-être que cet événement, je l'ai simplement halluciné,
Que pendant un instant j'ai perdu la tête et que j'ai tout imaginé !
Sans doute que, dans leurs tombes, les cadavres sont bien poussière ?
Je cherche désespérément à m'en convaincre... Éternel mystère.

Le Recueil des Curiosités

De chair et d'os

Edgar Anderson avait toujours voulu être artiste.
Depuis tout petit, il souhaitait être marionnettiste.
Il avait réalisé son rêve et vivait désormais de ses pantins,
Ses précieuses créations qui régissaient son destin.
Il avait mis au point un petit spectacle ambulant,
Et allait de ville en ville pour divertir les enfants.

Ses marionnettes étaient de véritables œuvres d'art,
De magnifiques poupées racontant des histoires.
Il avait le souci du détail, recherchait la perfection,
Et passait des mois à parfaire chaque réalisation.
Ses automates et pantins étaient d'une grande méticulosité,
Débordant d'ingéniosité pour être au plus près de la réalité.

Edgar Anderson travaillait pour cela toutes les matières,
Bois, tissus et fourrures : c'était un vrai expert.
Bien que les adultes admiraient son travail fastidieux,
Son souci de réalisme, aux enfants, importait peu.
Au milieu des autres artistes, ses efforts étaient peu récompensés :
À n'importe quel spectacle, les enfants se réjouissaient !

Alors, un jour qu'il se promenait comme souvent au zoo,
Où il y analysait les détails morphologiques des animaux
Afin de les reproduire fidèlement sur ses marionnettes,
Il lui vint soudain une fabuleuse idée en tête.
Edgar n'allait plus avoir besoin « d'imiter » les corps,
Mais allait même redonner vie à des animaux morts !

Pourquoi devait-il créer de toutes pièces des poupées,
S'il pouvait récupérer des bêtes pour les naturaliser ?
Elles paraîtraient encore plus réalistes, plus vivantes !
Les représentations seraient époustouflantes !
Les gens n'auraient plus besoin d'aller à la ménagerie,
Car les animaux viendraient à eux comme par magie !

Il récolta donc des corps d'animaux décédés,
Et mit au point une nouvelle technique pour les empailler.
D'ordinaire, en un seul morceau étaient naturalisées les créatures,
Or leur corps serait à jamais figé dans une unique posture.
Il dut donc empailler les différents membres séparément –
Tête, tronc et pattes – afin de permettre du mouvement.

Il assembla ensuite les bêtes au niveau de leurs articulations,
Par les mêmes mécanismes que ses anciennes créations.
Edgar relia les pantins à des fils pour pouvoir les manipuler,
Et en quelques étapes seulement, le tour fut joué !
En quelques semaines, son atelier changea d'atmosphère :
Dans tous les coins s'entassaient ses œuvres animalières.

Edgar Anderson commença par de petits animaux :
Hérissons, lapins, renards et moineaux.
Puis il gagna en maîtrise et devint plus audacieux,
Confectionnant lions, cerfs et ours faramineux.

Ses mises en scène devinrent prestigieuses, de vrais miracles :
Il put ainsi acquérir sa propre salle de spectacle !

Tous les soirs, il donnait des représentations féeriques,
Les spectateurs préféraient cela au zoo ou au cirque.
Au bout de centaines de fils presque invisibles,
Les animaux prenaient vie : tout était possible !
Des ballets de créatures sauvages avaient lieu,
Juste devant eux ! Ils n'en croyaient pas leurs yeux !

Des dizaines de créatures exotiques étaient ressuscitées :
Allant du singe à la pieuvre en passant par le perroquet.
La salle était comble pour venir voir les animaux,
Un tonnerre d'applaudissements s'élevait au baissé de rideau.
Edgar Anderson devint un artiste très renommé
Et accéda enfin à la gloire dont depuis toujours il rêvait.

Au fil des années, son art se perfectionna encore
Et il naturalisa des bêtes de taille record !
Il fit ainsi monter sur scène une baleine et un éléphant.
Chaque spectacle était de plus en plus stupéfiant.
Sa maîtrise lui offrit un avenir fantastique :
Il resta à jamais le plus fabuleux des marionnettistes !

Or des marionnettistes, il fut également un des derniers,
Car une toute nouvelle invention vint le supplanter.
Les spectateurs n'eurent plus besoin de sortir de chez eux,
Ni pour aller au théâtre, ni dans un quelconque lieu,
Car le divertissement s'implanta directement dans leur maison
Grâce à cette fabuleuse trouvaille qu'ils nommèrent télévision !

Photographies d'un autre monde

De toute ma carrière de médecin en hôpital psychiatrique,
J'eus l'occasion de voir des centaines et des centaines de patients,
Atteints de schizophrénie, bipolarité ou encore délires oniriques,
De nombreux troubles mentaux, étranges et parfois glaçants...
Mais le cas dont je souhaite m'entretenir est des plus particuliers,
Bien qu'il parût tout à fait trivial, il me fit longuement douter...

À l'automne 1882, on m'amena une femme,
Qui avait eu, m'a-t-on dit, une émergence subite de folie mentale.
Pourtant, elle semblait tout à fait saine d'esprit et calme :
Hortense Lagarde ne laissait transparaître aucun mal !
Confiant, je lui offris un thé et l'invitai à relater son récit,
Ce dernier me réconforta sur sa folie et sa présence ici.

Tout commença lors de l'anniversaire de son fils, me raconta-t-elle.
Pour ses dix ans, l'enfant reçut un appareil photographique.
Le jeune garçon fut ravi de son présent – c'était le dernier modèle –

Et se mit à prendre des clichés de tout ce qu'il voyait : clic, clic, clic.
Cependant, bien que l'appareil ne quittait jamais l'enfant,
À aucun moment, il ne montra ses photographies à ses parents.

Sa mère l'emmenait régulièrement dans une chambre noire,
Afin que le garçon puisse y développer ses clichés.
Mais il s'empressait de les dissimuler : personne ne devait les voir.
Hortense, intriguée mais docile, ne chercha pas à percer ce secret.
L'enfant rangeait précieusement ses tirages dans un album,
Et sa mère respecta l'intimité de son petit bonhomme.

Mais dans les mois qui suivirent, son fils présenta quelques soucis :
Il restait des heures enfermé avec ses photos et son appareil
Et prétendait passer tout son temps avec un nouvel ami !
Jamais sa mère n'entendit ce camarade, même en tendant l'oreille...
Les rares fois où la porte de chambre de son fils était entrouverte,
Elle le surprit plongé dans son album et la pièce absolument déserte...

Au fil des jours, rien ne changea dans le comportement du garçon,
Il continuait d'affirmer recevoir dans sa chambre son camarade.
Alors Hortense demanda à ce qu'il lui présente son compagnon :
Ce que son fils répondit lui parcourut le corps d'une sueur froide.

« Tu ne peux pas le voir, maman. Ce n'est pas un ami imaginaire,
Mais il n'apparaît que sur les photos, il n'est pas fait de matière... »

Ces propos incohérents terrifièrent la jeune femme
Qui se mit à douter de la santé mentale de son fils.
Alors un jour, lorsque la demeure fut vide de toute âme,
Elle pénétra dans la chambre du garçon à la recherche d'un indice.
Glissé sous le lit, elle trouva le fameux recueil de photographies,
Et ne put résister à en parcourir les pages, défiant l'interdit.

Ce qu'elle découvrit la plongea dans une terrible épouvante :
Sur chaque cliché apparaissait une silhouette fantomatique,
Une ombre blanchâtre et vaporeuse, presque transparente,
Qui ressemblait comme deux gouttes d'eau à son fils unique...
Hortense Lagarde reconnut là son cher Ernest, me dit-elle,
Le jumeau de son fils rappelé trop tôt au ciel...

Ma patiente, dévastée, ne put retenir plus longtemps ses pleurs
Et me raconta la triste fin de son deuxième enfant.
Elle avait mis au monde des jumeaux, mais ô malheur,
Le jeune Ernest était décédé avant même d'avoir un an.
Dès sa naissance, il avait été d'une constitution fragile :
Sa mort prématurée fut pour Hortense extrêmement difficile.

En décelant le spectre de son fils disparu sur les photographies,
Elle soupçonna l'appareil de révéler la présence des morts.
Elle se rendit au cimetière afin de vérifier sa théorie ;
Épouvantée, elle découvrit sur les clichés des centaines de corps !

Hortense ne put que reconnaître que son fils était dans le vrai :
Sur ces mots insensés, ce fut au tour de son mari de s'inquiéter.

Hortense Lagarde voulut montrer à son conjoint les clichés,
Mais le petit garçon les avait tous jetés ainsi que l'appareil,
Voyant qu'ils embarrassaient sa mère et la bouleversaient.
M. Lagarde emmena donc sa femme ici pour chercher conseil.
Le personnel de l'asile, faute de preuve, conclut à la folie :
Un appareil photographique ne peut immortaliser les esprits !

Jamais Mme. Lagarde ne modifia un mot de son histoire.
Elle jura ne pas avoir halluciné avec un tel aplomb,
Que je doutai moi-même un instant de mon savoir.
Mais est-ce que le dément reconnaîtrait son aliénation ?
J'avais suffisamment d'expérience pour savoir que non.
Hortense Lagarde avait dû tout simplement perdre la raison...

En attendant la nuit

Voici le récit de la vie folle d'un jeune homme,
Qui, orphelin, était haut comme trois pommes.
Il habitait un petit bourg, dans une campagne désespérante,
Où le rire était rare et la pluie incessante.
Il vivait de petits boulots, assez pour gagner son pain,
Quelques piécettes pour subvenir à ses besoins.

Mais lorsqu'un médecin vint l'ausculter, sort tragique,
Il lui décela une maladie des plus dramatiques.
Un jour, au cours de sa vie, il finirait par perdre la vue.
Il deviendrait aveugle, progressivement ou au dépourvu.
Demain ou dans vingt ans, mais cela finirait par arriver :
Fait aussi certain que le soleil se couche en fin de journée.

Maladie étrange et des plus rarissimes,
Il en fut malheureusement victime.
Mais le garçon refusa de s'apitoyer sur son sort :
Il dénia laisser passer les saisons jusqu'à sa mort
Sans que sa vie ne change, sans qu'il n'en profite,
Sans avoir tenté de réaliser tous les mythes.

Il prit une décision radicale : décida de s'en aller,
Pour voir des merveilles avant que ne le saisisse l'obscurité.

Il rassembla ses maigres affaires, partit le sourire aux lèvres,
Décréta qu'il vivrait maintenant pleinement chaque instant.
Il allait désormais chercher à réaliser ses rêves les plus chers
Et accomplir en quelques jours ce que d'autres faisaient en trente ans.

Il voulait découvrir le vaste monde et sa beauté,
Tant que ses yeux pouvaient encore voir ce qu'il recèle
Remplir de milliers d'images splendides ses prunelles,
Avant que les ténèbres ne viennent les masquer à jamais.
Donner vie à des visions qu'il n'avait vues que dans les livres,
Sur des gravures ou des tableaux, jusqu'à en être ivre.

Il parcourut le globe, traversa des dizaines de contrées,
Voyagea par-delà les océans, les montagnes et les forêts.
Il prit le train, le bateau ou encore la montgolfière,
Accumula des récits dont il pouvait être fier.
Il connut le froid et le chaud, la peur et le bonheur,
Oubliant par instants son plus grand malheur.

Cependant, il craignait à chaque soirée
Que ses paupières se closent pour la dernière fois,
Qu'il ne puisse plus rouvrir les yeux comme autrefois,
Et que la destinée ait enfin frappé.
Le jeune homme avait peur qu'au matin
Il soit plongé dans une nuit sans fin.

Il subsistait avec l'effroyable pressentiment
De vivre constamment ses derniers instants.
Certes la vie n'allait pas le quitter,
Mais sa joie d'être de ce monde allait se faner...
Il ne voulait même pas songer à ce qu'il adviendrait après,
Car il savait que son existence n'aurait plus d'intérêt.

Il vécut donc déchiré entre divers sentiments,
Jour après jour, mois après mois, au fil des ans.
Son parcours était des plus extraordinaires
Et il profitait de chaque moment qui lui était offert.
Il en vint même à se demander si le médecin ne s'était pas trompé,
Lorsqu'il eut voyagé pendant sept longues années.

Mais son espoir disparut quand la fatalité vint,
Et que les couleurs autour de lui se délavèrent un matin.
Il eut l'impression que le soleil perdait de son éclat,
Et que ses rayons n'atteignaient plus son visage.
Loin de s'en affoler, et avec sagesse, il accepta,
Cette destinée qu'il attendait depuis son jeune âge.

En quelques heures, le monde sembla s'assombrir,
Où qu'il regardait, les teintes s'effaçaient.
Mais même si l'obscurité envahissait tout ce qu'il voyait,
Au fond de sa rétine restaient gravés ses souvenirs.
Car les merveilles qu'il avait vues étaient en lui à jamais :
Il avait eu une vie que personne n'aurait pu espérer.

Jusqu'à ce que la mort les sépare

Cette histoire est une horrible tragédie,
Qui la nuit vous fera faire d'horribles insomnies.
Alors, si vous ne voulez pas sortir les mouchoirs,
Pendant des heures dans votre lit broyer du noir,
Ou maudire la malchance qui a frappé,
N'allez pas plus loin ou vous en serez très attristé.

Soyez prévenu, le début peut sembler des plus heureux,
Mais ce n'est que pour vous rendre ensuite plus malheureux.
Si vous êtes mélancolique et avez le cœur fragile,
Si vous êtes sensible et avez les larmes faciles,
Ce récit n'est pas pour vous, ouvrez un autre livre,
Lisez un conte de fée ! Je vous déconseille de poursuivre…

Ah, mais vous êtes encore là ! C'est que ce récit vous intéresse…
Vous aimez le sombre, le macabre et la tristesse ?
Vous aimez quand les méchants gagnent, que les héros meurent ?
Vous aimez les personnages en proie au malheur ?
Parfait ! Ne partez pas, ça va bientôt commencer…
Installez-vous, mais pas un bruit, je vais tout vous raconter !

Voici l'histoire d'un jeune couple qui s'aimait tendrement,
Lucie et Lucien se connaissaient depuis qu'ils étaient enfants.
Ils étaient radieux, deux parfaites âmes sœurs !
Ils se chérissaient l'un l'autre de tout leur cœur.
Leur quotidien simple les rendait les plus heureux du monde,
Et leur passion était extrêmement profonde.

Ils passaient tout leur temps ensemble, enlacés,
À sourire à la vie, leur bonheur et leur félicité.
Ils se tenaient toujours par la main, entrelaçaient leurs doigts,
Se promenaient des heures sans se lâcher une seule fois.
Ils passaient les journées d'été à l'ombre d'un cerisier,
Et les journées d'hiver assis auprès de la cheminée.

Ils n'avaient pas de famille, étaient tous deux orphelins :
Encore un de leurs nombreux points communs.
Leur unique déception était de ne pas connaître leurs parents,
De former à eux deux une famille sans ascendant.
Voilà donc deux êtres pour qui une lignée était une fable,
Mais qui écrivaient ensemble un destin mémorable.

Lorsqu'ils eurent vingt ans, ils décidèrent de se marier.
Jamais, au grand jamais, ils ne voulaient se quitter !
Cette union serait la consécration de leur amour,
Un mariage qui les lierait jusqu'à la fin de leurs jours.
Ils accordaient à l'autre une aveugle confiance
Et voulaient maintenant à leur doigt porter l'alliance.

La cérémonie se déroula au mois de juin.
Sous le soleil, se retrouvèrent unis Lucie et Lucien.
Le mariage eut lieu par un magnifique dimanche,
Au bord d'une falaise, dans une petite chapelle blanche.
Les vagues venaient se briser contre les rochers,
L'air marin parfumait le lieu et les mouettes chantaient.

Chacun avait décidé d'enquêter sur la famille du soupirant
Et de s'offrir en ce beau jour, les noms de leurs parents.
Une lettre avec le fruit des recherches accomplies
Dévoilerait à l'autre les secrets de sa généalogie.
Le voile sur leur plus grand mystère serait enfin levé ;
Ils pourraient alors décider de renouer avec leur lignée...

Ainsi, quand le couple devant l'autel eut récité ses vœux,
Ils s'échangèrent les alliances et leurs résultats fructueux.
Ils ouvrirent d'une main fébrile les enveloppes secrètes
Et déchaînèrent le début d'une terrible tempête.
Car sur les papiers étaient écrits les deux mêmes noms :
Lucie et Lucien étaient de la même filiation.

Le couple Beaumont était à tous les deux leurs parents.
Voilà pourquoi ils étaient si ressemblants :
Les deux âmes sœurs étaient en fait frère et sœur !
Lucie fondit en larmes, s'effondra dans l'église de douleur.
La jeune femme hurla, se griffa le visage jusqu'au sang,
Déchira sa robe et souilla de rouge son voile blanc.

Le plus beau jour de leur vie tourna au cauchemar...
Le ciel s'assombrit, les éclairs brisèrent leurs espoirs.
Ils pleuraient dans les bras l'un de l'autre, mais les bras de qui ?
Les bras d'un frère, d'une sœur ? Ou d'une femme, d'un mari ?
Le plus grand des malheurs les avait frappés...
Ils étaient anéantis, brisés, maudits, damnés...

Après avoir cherché en vain la trace d'une fratrie,
Voilà que Lucie l'avait trouvé, mais où ? Chez son mari !
Pour quelle raison ? Pour la punir de quel péché ?
D'avoir trop aimé ? Mais qu'avait-elle donc bien fait ?!
Dans le même état était aussi son cher Lucien,
Qui se demandait pourquoi ils avaient un si funeste destin...

Pendant toute la nuit, les pleurs ne cessèrent,
Rien ne pouvait les consoler, en vain ils prièrent...
Alors au petit matin, Lucie décida de mettre fin à ses jours
Puisqu'elle ne pouvait pas vivre son grand amour.
Elle se précipita du haut de la falaise, fut engloutie par la mer,
S'envola telle une colombe pour redevenir poussière.

Voyant sa bien-aimée se précipiter dans les flots,
Le chagrin de Lucien s'accentua, ainsi que ses sanglots.
Il perdait sa jeune femme, sa sœur, sa Lucie...
Il perdait toute espérance d'une éclaircie.
Alors, il prit une corde qu'il accrocha à leur cerisier
Et se pendit en ce début de journée ensoleillée.

Ces deux pauvres êtres moururent de chagrin,
Alors maudissez ! maudissez ! ce macabre récit,
Car ces deux pauvres êtres moururent le lendemain
De ce qui devait être le plus beau jour de leur vie.
Le mystère de leurs aïeux les plongea dans la tourmente,
Et ainsi s'achève cette histoire sanglante...

Les Os de pierre

Je ne me souviens pas de ma vie d'avant,
Ni du jour où je suis entrée au couvent.
Comment pourrais-je m'en rappeler
Alors que je n'étais qu'un nouveau-né ?
Je ne sais pas comment je suis arrivée là,
Longtemps, je n'en ai pas compris le pourquoi...
Au début, les nonnes ne voulaient rien me dire.
Sûrement de peur de me faire souffrir.

Elles devaient craindre que ce ne soit douloureux,
D'apprendre que j'avais été abandonnée en ce lieu.
Mais je n'avais aucun souvenir de mes parents,
Ce mot m'était complètement indifférent...
La famille, je n'en avais jamais fait l'expérience,
Et son absence ne me causait aucune souffrance.
J'avais cependant de nombreuses questions sur mon passé,
Si bien qu'un jour, les bonnes sœurs me dévoilèrent la vérité.

Alors que je n'avais que quelques jours et venais de naître,
Sur les marches d'une église, je fus retrouvée par un prêtre.
Celui-ci me confia aux nonnes d'un monastère,
Qui s'occupèrent de mon éducation et m'hébergèrent.
J'étais la seule enfant, mais cela m'importunait peu :
J'étais au centre de l'attention, tout allait pour le mieux.

Cependant, être abandonnée ne fut pas ma seule misère,
Car on me diagnostiqua la maladie des os de pierre...

Je n'avais que trois ans lorsque cela fut découvert :
Cette horrible maladie fit de ma vie un enfer !
Mes tendons, mes muscles, toute ma chair malheureuse
Se changeaient progressivement en plaques osseuses !
Ce mal me dévorait de l'intérieur, du fond de mon corps
Il se propageait lentement, jusqu'à causer la mort...
Malgré cette malédiction, je tentais de vivre normalement,
Repoussant la douleur générée par le moindre mouvement.

Les premières années ne furent pas les plus compliquées :
Ma maladie ne m'avait pas encore trop dévorée...
J'aidais les bonnes sœurs à entretenir le monastère,
En nettoyant le sol et en faisant les poussières.
J'époussetais statues, chandeliers et tableaux,
Retirais les anciens cierges pour en mettre de nouveaux.
J'étais aussi discrète et silencieuse qu'une souris,
Me promenant parfois en cachette pendant la nuit.

Le prêtre qui m'avait recueillie m'apprit à lire,
À travers la Bible et ses versets : rares bons souvenirs...
Dès qu'il me le permettait, je le secondais dans son ouvrage,
Pour célébrer baptêmes, communions ou mariages.
Ce furent des moments de bonheur, cependant trop courts,
Car le mal se répandait en moi de jour en jour.
Pendant mon sommeil, mes os se soudaient entre eux,
Et à mon réveil, se lever devenait de plus en plus douloureux.

À chaque pas, mon corps émettait des bruits cassants,
Qui résonnaient dans les couloirs silencieux du couvent...
J'avais l'impression que mes os se brisaient en mille morceaux :
Mes articulations crissaient comme une craie sur un tableau.

À mesure que je grandissais, mes membres s'alourdissaient,
Passé huit ans, ce devint un vrai supplice que de bouger !
Je fus bientôt incapable d'utiliser mes doigts :
Figés à jamais, sur l'écriture je dus faire une croix…

Je devins inexorablement une poupée de porcelaine,
Incapable de m'articuler comme les autres humaines.
Je perdis même la voix lorsque mes cordes vocales
Se retrouvèrent closes, m'empêchant le moindre râle.
Les nonnes me faisaient boire toutes sortes d'infusions
Pour tenter de soulager mes douleurs et mon affliction.
Mais mon destin se dessinait bien funeste, ne pouvant agir ;
Je m'y étais résignée, jamais je ne pourrai guérir…

Alors, lorsque je sentis que mon corps allait se cristalliser,
Tel le cocon d'un papillon qui commence à se former,
J'usai de mes dernières forces pour gravir la cathédrale,
Et me postai debout sur la flèche, au plus près des étoiles.
De là-haut, la vue était splendide, le temps fut suspendu,
Puis, en quelques minutes, je fus transformée en statue.
Mes os finirent de me ronger et je devins une gargouille :
Au sommet de la cathédrale repose pour l'éternité ma dépouille.

Frappé par la foudre

Ronald Edgerton était un vieillard de quatre-vingts ans.
Il vivait seul au fond d'une ruelle sombre,
Dans une petite maison étroite, emplie d'ombres,
Aux murs défraîchis et au plancher grinçant.
Le bâtiment insalubre n'était que noir et gris,
Et quand venait la nuit, il grouillait de souris.

Le vieil homme conservait chez lui sept bocaux,
Contenant chacun le cadavre d'un chat.
Sept malheureuses victimes d'étranges assassinats
Qui jamais n'auraient de décents tombeaux.
Les corps flottaient dans un liquide verdâtre,
Que le vieillard avait disposé au-dessus de son âtre.

Cet homme n'avait ni parents ni amis.
Il sortait rarement de chez lui, rompait son isolement
Uniquement pour subvenir à son approvisionnement.
Or la solitude lui pesait car elle n'était pas choisie !
Mais il avait eu un destin loin d'être banal,
Qui l'empêchait de tisser des relations sociales…

Cette maison glauque et bâtie tout de travers,
Il l'habitait depuis qu'il était petit enfant.

Sa vie avait basculé brusquement à ses dix ans,
Alors qu'il était déjà renfermé et solitaire.
Cela était en grande partie dû à sa pauvreté
Qui l'empêchait bien souvent d'aller s'amuser…

Il passait peu de temps avec les enfants de son âge
Qui allaient au cirque, se gavaient de bonbons,
Tandis que lui en rêvait depuis sa maison.
Ce bonheur lui semblait un lointain mirage…
Puis un jour, il vit les affiches de la fête foraine
Qui arriverait en ville d'ici quelques semaines.

Tous les ans, elle s'installait pendant un moment,
Mais c'était un désir fou jamais réalisé…
Or il se jura que cette année, il irait
Et commença à économiser un peu d'argent.
Il mit de côté piécette par piécette,
Suffisamment pour pouvoir se rendre à la fête !

Malheureusement lorsque le jour fatidique arriva,
Les nuages étaient noirs et le ciel menaçant.
À peine entré, il se mit à pleuvoir à torrents :
La bonne ambiance disparut et la foule se sauva.
Mais Ronald attendait cela depuis des jours
Et refusa, alors qu'il y était, de faire demi-tour.

Il erra, abandonné entre les fabuleux manèges,
Cherchant à profiter de cet instant si espéré.
Il avait le parc pour lui seul et s'en réjouissait,
Même si la pluie était un horrible sacrilège…
Le petit garçon semblait un pauvre orphelin,
Une ombre à qui souriaient tristement les forains.

L'eau inondait les allées, brouillait la musique,
Floutait les lumières, mais il n'y faisait pas attention.
Sous l'averse, Ronald enchainait les attractions
Et s'égayait de cet après-midi magique.
Il dépensa ses maigres économies avec le sourire,
Alla au stand de tir ainsi qu'à la maison du rire.

Le garçon prit même un sachet de confiseries
Qu'il savoura en haut des chaises volantes.
Il riait, chantait, sa joie n'était que croissante
Et il ne pensait pas aux puissantes intempéries.
En cet instant, rien ne pouvait entraver son bonheur :
Il ne pouvait prévoir l'arrivée de l'horreur…

Ronald voulut aller faire un tour sur la grande roue.
Elle brillait à travers le rideau de pluie ombreux ;
Elle l'appelait, gigantesque disque qui perçait les cieux,
Et il se dépêcha d'y courir, s'éclaboussant de boue.
Il échangea sa dernière pièce contre un ticket
Et grimpa dans la nacelle qui le fit monter.

De là-haut, il avait une magnifique vue sur la foire.
Il sentait le vent, les gouttes d'eau gifler son visage
Et aperçut s'approcher d'impressionnants orages.
Ce spectacle resta gravé à jamais dans sa mémoire.
Les éclairs zébraient le ciel de veines étincelantes,
Et le tonnerre grondait avec une violence terrifiante.

Subitement, Ronald Edgerton voulut redescendre,
Avoir les pieds sur terre pour fuir cette tempête.
La nuit semblait être tombée au-dessus de sa tête :
Il se mit à crier, mais personne ne pouvait l'entendre.
Il se trouvait au sommet de la roue et ses appels s'envolaient,
Sans qu'aucun forain ne les perçût pour le sauver.

La foudre faisait trembler les nacelles métalliques,
L'orage se rapprochait de plus en plus de l'attraction
Jusqu'à ce qu'un éclair s'abatte sur le petit garçon :
Ronald reçut en plein cœur un terrible choc électrique.
Mais par le plus grand des hasards, il survécut,
Bien que toute l'électricité du parc fût interrompue.

La grande roue s'immobilisa dans un grincement,
La fête foraine s'éteignit et fut plongée dans le noir.
La musique se tut, il était seul sur son perchoir…
Ronald se sentait tout petit au milieu de cet ouragan.
Autour de lui se déchaînaient le vent, les éclairs et la pluie,
Sur ses joues coulaient des larmes, sans aucun bruit.

Toujours en état de choc, il fut descendu de la roue
Et put rentrer chez lui, bien que traumatisé.
Derrière ses pupilles, il voyait toujours ce cliché
Qui allait le hanter jusqu'à le rendre fou !
La nuit était maintenant tombée et il erra seul
Dans les ruelles pour revenir chez son aïeul.

Mais au détour d'une bâtisse, il aperçut un chat.
L'animal, intrigué par la présence de l'enfant,
Le dévisagea de ses grands yeux jaunes perçants.
Ronald, qui n'avait alors que dix ans, l'appela.
Il s'agenouilla sur les pavés et tendit la main.
Le chat, piqué par la curiosité, s'approcha du bambin.

Mais quand le petit garçon caressa l'animal,
Sous ses doigts, un choc électrique convulsa le félin.
Son pelage sombre se hérissa : ce fut pour lui la fin.
D'un simple contact, Ronald causa une mort abominable.
Perplexe, il observa la petite boule de poil inerte.
Jamais il n'avait souhaité cette triste perte !

Ronald Edgerton eut soudain peur de lui-même.
Il ne comprenait pas ce qui lui arrivait…
Le chat avait vraiment de sa main été électrocuté ?
La crainte l'envahit, son visage devint blême.
Il aperçut alors au bord d'une fenêtre une fleur
Et décida de la toucher pour vérifier sa peur.

Dans cette rue lugubre, le tournesol contrastait.
L'enfant approcha, effleura de ses doigts les pétales.
Instantanément, un grésillement tua le végétal.
La fleur fana dans son pot, se dessécha sur son pied.
Ronald, terrifié, prit le chat et partit en courant.
Il s'enferma chez lui et se recroquevilla en pleurant.

Il se sentait plus que jamais anormal, un démon.
Voilà qu'il donnait la mort d'une simple caresse !
Pendant des jours, il s'enferma dans sa tristesse.
Il ne voulait sortir, trop profonde était son affliction.
Le moindre être vivant périssait au contact de sa peau,
Insecte ou humain, il s'éteignait pour un éternel repos.

Ronald Edgerton se coupa de toute vie sociale.
Il fuyait les passants dans la rue comme la peste
Pour ne pas rendre leur destin funeste.
Il abandonna bientôt l'idée de vivre une vie normale.
Le jeune homme était destiné à subsister reclus,
Enfermé chez lui, loin des autres individus.

Les jours, les semaines puis les mois passèrent.
Il enferma dans un bocal sa première victime,
Espérant ne plus jamais commettre d'horrible crime,
Espérant ne jamais tuer par mégarde un être cher.
Cet accident sur la grande roue avait ruiné sa vie,
L'éclair fatal l'avait rendu pour toujours maudit !

Puis une année passa et la fête foraine revint.
Ronald voulut alors tenter d'inverser le processus
Et par l'électrocution éradiquer l'horrible virus.
Ainsi, après un an, il retourna voir les forains.
Il prit un unique ticket et monta sur la grande roue,
Tandis que le tonnerre grondait à grands coups.

L'orage se déchainait comme l'année précédente,
Le manège tanguait : la tempête approchait.
De nouveau, Ronald Edgerton fut foudroyé
Et le manège arrêté dans sa descente.
Comme un an plus tôt, l'électricité fut interrompue.
Comme un an plus tôt, le jeune homme survécut.

Ignorant si son expérience avait fonctionné,
Il entreprit d'approcher une nouvelle fois un chat.
Il aperçut un petit minou gris, perché sur les toits,
Qu'il amadoua pour pouvoir le caresser.
Malheureusement, celui-ci subit le même sort.
Electrocuté, en quelques secondes il fut mort...

Ronald pleura toutes les larmes de son être,
Jamais son malheur ne serait donc résolu !
Il emporta chez lui le cadavre de l'animal velu,
Et prépara un deuxième bocal pour l'y mettre.
Deux victimes trônaient maintenant dans son séjour,
Le garçon espérait résoudre cette malédiction un jour...

Il continua donc de vivre enfermé chez lui,
Ayant pour seule compagnie ces deux dépouilles
Qui le fixaient de regards morts telles des gargouilles :
Il en faisait d'horribles cauchemars chaque nuit...
Sa vie devint bien triste et mélancolique,
La seule séquelle de l'accident était dramatique !

Tous les ans, Ronald Edgerton retourna à la fête.
Tous les ans, il fit un tour dans l'horrible attraction,
Et à chaque fois, il fut électrocuté d'atroce façon,
Car tous les ans, il fut pris dans une tempête.
Mais quand le jeune homme frôlait ensuite un chat,
L'animal s'effondrait raide mort une nouvelle fois.

Le garçon fut ainsi foudroyé sept fois en sept ans.
Il survécut à chaque fois à l'électrocution,
Et retenta tous les ans l'expérimentation.
Mais la huitième année, les forains lui parlèrent franc :
Sa personne portait au parc malchance,
Il devait cesser de répéter son expérience.

Dès qu'il mettait les pieds dans la fête foraine,
Le temps se gâtait, la pluie se mettait à tomber.
Les éclairs et la foudre semblaient le pister,
Et seule sa présence expliquait le phénomène.
À force d'électrocution, il allait mourir,
Et il était temps pour la foire d'agir !

Ce refus marqua l'abandon de l'enfant.
Il fallait qu'il cesse de se torturer en vain,
Qu'il arrête les nuits ses meurtres de félins.
Il se résigna. Son mal n'avait pas de traitement…
Il vécut donc le reste de sa vie en ermite
Et son existence devint pour certains un mythe.

Les Disparus de l'Oiseau Blanc

Ma maman m'a toujours décrit comme un petit garçon
Très intelligent, rêveur et débordant d'imagination.
Mais ce qui s'est passé, je ne l'ai pas inventé :
Cette histoire n'est nullement due à ma créativité…
Je ne suis pas devenu fou, non, c'était bien réel.
Ce à quoi j'ai assisté était simplement… surnaturel !

J'ai emménagé avec ma petite sœur et mes parents,
Dans une bâtisse à la campagne, il y a tout juste un an.
C'est une belle demeure, à quelques kilomètres du village,
Aux lustres ornementés et aux meubles d'un certain âge.
Bien que les portes et le parquet soient grinçants,
Je n'ai jamais mis les pieds dans un logis si impressionnant !
Pourtant, mes parents se le sont procurés pour peu cher :
Un couple de personnes âgées, les anciens propriétaires,
Affirmait que la région et la maison étaient hantées,
Et souhaitait à tout prix se débarrasser de leur foyer.
Je ne sus pas tout de suite d'où venait cette réputation.
Ce sont mes nouveaux camarades qui m'apportèrent des explications.

Quelques jours après ma rentrée dans l'école du bourg d'à côté,
On me passa un vieux journal qui exposait tous les faits.
Le soir même dans ma chambre, à la lumière d'une bougie,

J'en parcourus les pages toutes craquelées et jaunies.
La gazette datait de trente-sept ans, il y a si longtemps…
À l'intérieur, on y racontait un fait divers à me glacer le sang !
Un terrible événement qui venait de se produire était narré :
Un train avait disparu ainsi que tous ses passagers !
Alors que L'Oiseau Blanc effectuait un voyage des plus banals,
Reliant la gare de Roche-Langencour à celle de Belgard-le-Val,
Il s'était volatilisé sans laisser la moindre trace :
Les recherches organisées furent infructueuses, hélas…
La dernière station qui vit passer le train fut celle de ma bourgade perdue,
En effet, à l'arrêt suivant, L'Oiseau Blanc n'était jamais parvenu…
Pendant de longues semaines, la police prospecta en vain,
Jamais les passagers disparus ne ressurgirent un beau matin.
Rapidement la gare du village fut désignée comme maudite,
Plus aucun convoi ne voulut desservir cet effroyable site.
La petite gare du bourg et la voie ferrée furent abandonnées,
Cette dernière se recouvrant de rouilles et de ronciers.
L'Oiseau Blanc fut surnommé le Train Fantôme par les habitants.
Le temps passant, sa vraisemblance se perdit au fil des ans :
À force d'être racontée, ce ne devint plus qu'une légende,
Qui inspirait aux habitants une peur de moins en moins grande…
Pourtant, les anciens propriétaires de la maison affirmaient
Que le soir, ils entendaient le train fantôme dans l'obscurité.
Ils percevaient le bruit des wagons sur la voie de chemin de fer :
Malgré aucune trace de passage, ils y croyaient dur comme fer !
Les rails ne passaient qu'à une centaine de mètres d'ici.
Ils entendaient le sifflement de la locomotive toutes les nuits !
D'abord un vague chuchotement au loin, assez distant,
D'année en année, ils le discernaient de plus en plus distinctement…

Le Recueil des Curiosités 91

En ce lieu déserté, dorénavant ma famille vivait :
Ce soir-là dans mon lit, mes rêves furent très agités !
À quelques mètres de la demeure passaient les rails maudits :
Dans le noir, je crus moi-même discerner d'étranges bruits…
Le sifflement de la locomotive murmurait à mes oreilles,
Pendant de longues heures, je ne pus trouver le sommeil…
Alors au petit matin, cherchant ce que j'avais entendu,
Je me rendis à pied jusqu'aux rails, tremblant et tendu.
Je voulais vérifier qu'aucun train n'empruntait cette voie,
Et me convaincre que d'ailleurs venaient ces voix.
La ligne de chemin de fer n'avait pas été utilisée depuis longtemps :
Elle était recouverte de lierre et rongée par le temps.
Mais alors, d'où venaient les bruits que j'avais perçus ?
D'où pouvaient-ils provenir si ce n'est du train disparu ?

À l'école, je rapportai cet étrange événement dès le lendemain,
Et affirmai que j'avais cru entendre le fameux train.
Mes camarades me rirent au nez, et me lancèrent :
« Attention de ne pas devenir barjo comme les Lambert ! ».
Ils ne croyaient pas du tout à cette folle histoire,
Qui ne servait qu'à effrayer leurs petites sœurs dans le noir.
Je tentai de me persuader que tout ça n'était que sottises,
Or je savais bien qu'il ne s'agissait pas du bruit de la brise…
Le soir dans mon lit, j'entendais la locomotive faiblement,
À travers les murs de la bâtisse, je percevais son ronflement.
Alors, une nuit, j'en vins à me rendre jusqu'à la voie ferrée,
Pour démasquer l'auteur de ce mauvais tour, et le faire cesser.
Je traversai le terrain à pied, vêtu de mon simple pyjama,
M'éclairant grâce à une bougie qui répandait un faible éclat.
La lune n'était qu'une lueur à peine visible derrière les nuages :
En vain, mes yeux tentèrent de percer l'obscurité du paysage.
Les battements de mon cœur s'accéléraient sous la peur,
Plus d'une fois, la flamme chancela : terribles frayeurs…

Mais lorsque j'atteignis les rails, je ne découvris rien,
Tout était silencieux, pas la moindre trace d'un train.
Je tendis l'oreille, je crus discerner comme un crissement,
Tout était immobile, ce ne devait être que le murmure du vent...
J'allais rebrousser chemin lorsque je fus traversé d'un frisson,
Un froid me parcourut, je sentis dans l'air une étrange vibration.
Un ronflement sourd s'éleva des rails, horrifié je partis en courant
Sans me retourner et ne me souciant plus de mon feu vacillant.
Dans ma chambre, je m'enfermai à double tour, effrayé,
Reprenant mon souffle et mettant de l'ordre dans mes pensées.
Cette nuit-là, je dormis encore moins que les précédentes.
Mon imagination débordante me plongea dans l'épouvante.
Enseveli sous ma couette, je me représentais des visions d'horreur,
Qui me hantaient dès que mes paupières se fermaient par malheur.

Je n'avais pas découvert la source de ces étranges bruits
Et l'existence de L'Oiseau Blanc me semblait plus vraie chaque nuit.
Au fil des jours, son ronflement se faisait de plus en plus fort :
Je sentais la présence du train, ses fantômes et la mort.
J'avais beau enfouir ma tête au plus profond de mes oreillers,
Le sifflement de sa vapeur, au milieu de la nuit, me réveillait.
Peu à peu, je perdis le sommeil, mes yeux se cernèrent,
Je palis, faiblis : tous mes traits se creusèrent.
Lorsque j'arrivais à m'assoupir, je me réveillais en sursaut,
Parcouru de tremblements, la sueur perlant sur ma peau.

Mais un beau jour, le train fantôme refit parler de lui :
Il était mystérieusement entré en gare au milieu de la nuit.
Dès le lendemain, L'Oiseau Blanc surgit à la une des journaux,
Personne ne pouvait expliquer ce mystérieux complot...

Cela faisait trente-sept ans que le fameux train avait disparu
Et voilà qu'il réapparaissait inexplicablement de l'inconnu !
Sa peinture, jadis rutilante, avait été rouillée par le temps,
Elle avait traversé les années et vu beaucoup de printemps.
Les wagons d'une autre époque étaient poussiéreux :
Tous les velours de l'intérieur étaient d'un gris brumeux.
Or des passagers, la police ne découvrit que des os,
Encore vêtus de robes, costumes, bijoux et chapeaux.
Les squelettes des voyageurs reposaient sur leurs sièges,
Figés à jamais : terribles prisonniers de cet obscur piège.
La nuit suivant cette découverte, je n'entendis pas le train :
Aucun bruit ne s'éleva à l'arrière de mon jardin.
L'apparition de l'Oiseau Blanc mit fin à mes insomnies,
Plus jamais je n'entendis le moindre bruit au milieu de la nuit.
Le train fut rénové mais plus personne ne voulut y mettre les pieds :
Il était hors de question de voyager dans ces wagons hantés !
L'Oiseau Blanc fut donc remisé dans un grand hangar,
Et le petit bourg d'à côté ferma pour toujours sa gare.

Un beau jour, avec des amis, je décidai d'aller voir le train.
Nous l'avions tous vu en photo dans les quotidiens
Mais aucun de nous n'avait aperçu L'Oiseau Blanc pour de vrai :
À l'idée de découvrir la légende, nous étions tout excités !
Pour ma part, je voulais faire face à ma plus grande peur,
Afin de mettre un point final à cette histoire de malheur.
Nous sommes donc entrés dans le hangar secrètement.
Face à nous, se dressait le majestueux Oiseau Blanc.
Tétanisé, je discernai de nouveau les faibles bruits,
Les mêmes sifflements que durant toutes ces atroces nuits !
Je fus parcouru de frissons et du même souffle froid
Que le soir où je m'étais rendu jusqu'aux rails, il y a près de deux mois.

Je semblais le seul à percevoir ce bourdonnement :
Jamais il n'avait été aussi fort qu'à ce moment !
Mes battements cardiaques, inexorablement, s'accélérèrent.
Je voulus fuir mais mes pieds, figés dans le sol, le refusèrent.
J'eus le vertige : ma tête me tourna, ma vue se brouilla,
À mes oreilles, murmuraient les défuntes voix.
J'entendais le cri des disparus, j'étais en pleine transe ;
Dans mon crâne résonnaient leur appel et leur souffrance !
Je sentais des mains spectrales me caresser tout le corps,
Mes forces m'abandonnaient tandis que je côtoyais la mort.
Leurs paroles inaudibles amplifiaient comme pour me retenir :
« L'Oiseau Blanc est bien hanté ! » pensai-je avant de
m'évanouir.

La Fiancée de glace

Adrienne Beauchamp était une jeune bourgeoise,
Descendante de l'une des plus riches familles du pays.
C'était une très belle femme, brillante et courtoise,
Qui faisait la fierté de ses parents et de ses amis !

Son éducation irréprochable et sa grande beauté
Lui valurent dès son jeune âge une foule de prétendants.
Or elle les repoussa un à un, préférant son intimité,
Et attendant le jour où surgirait le Prince Charmant.

Mais au fil des ans, ses parents se firent plus insistants,
Jugeant qu'elle avait déjà bien assez profité de sa jeunesse.
Ils souhaitaient la voir fiancée avant l'arrivée du printemps :
Depuis si longtemps sollicitée, elle finit par en faire la promesse.

Elle s'y résigna et se rendit dans des réceptions mondaines,
Pour se montrer, discuter et danser avec ses soupirants.
Ces agapes et ces bals, dont elle était pourtant la reine,
La plongèrent dans un désarroi des plus effrayants.

Ses courtisans n'étaient que de jeunes bourgeois superficiels,
Aspirant à acheter son cœur à coup d'or et de grade.

Ils étaient éduqués à séduire toutes les riches demoiselles,
Mais n'étaient au fond que de vulgaires coqs de parade.

L'étalement de leurs richesses et bonnes manières
Exaspérait au plus haut point Adrienne Beauchamp.
Ces mondanités sans fin lui pesaient d'horrible manière :
Aucun homme dans cette aristocratie n'était intéressant !

Or l'hiver avançait et elle n'était toujours pas fiancée…
Dehors, le domaine revêtait son manteau blanc,
Et à chaque flocon qui atteignait le sol gelé,
L'heure des noces se rapprochait inexorablement…

Elle aurait aimé pouvoir empêcher le défilement des jours,
Pouvoir enrayer de grains de sable les rouages du temps
Afin que l'écoulement du sablier cesse pour toujours,
Et que jamais elle n'ait à épouser l'un de ses prétendants !

Mais le ciel, sourd à ses prières, élevait le soleil chaque jour,
Et jamais les aiguilles des horloges ne se figèrent, hélas…
Indécise, elle pensait ne jamais trouver l'amour,
Jusqu'au jour où son père embaucha un sculpteur de glace.

M. Beauchamp souhaitait embellir son domaine pour les fêtes,
Et décida de décorer son jardin de statues de glace.
Le jeune artiste créa de merveilleuses silhouettes,
Qui étincelaient de mille feux et d'une infinie grâce.

Adrienne ne pouvait détacher ses yeux de ces réalisations,
Et tomba bientôt sous le charme de leur talentueux créateur…
La beauté de son ouvrage l'emplissait d'admiration
Et elle jura qu'au seul sculpteur reviendrait son cœur.

La jeune femme pouvait passer des heures dans le froid,
Assise sur un banc, à observer l'artiste dans son travail.
Elle ne ressentait pas les morsures du vent sur ses doigts,
Son bonheur était trop grand ; l'air glacial, un simple détail.

Le jeune homme tomba follement amoureux de cette dernière.
Jamais une femme n'avait autant chéri ses sculptures !
Seule Adrienne voyait toute la beauté dans ses corps de verre ;
Elle était sensible, attentionnée : une merveilleuse créature !

Effrayé du terrible froid qui transperçait vestes et bottines,
Le sculpteur interrompit son travail et descendit de son échelle.
Il s'approcha d'Adrienne, le cœur s'emballant dans sa poitrine,
Et s'efforça de réchauffer les mains glacées de la demoiselle.

« Pourquoi vous infligez-vous tout ce mal ? » la questionna-t-il.
Tourmentée par son secret, elle lui dévoila ses sentiments.
« Je suis naïve, n'est-ce pas ? J'espérais en vain une stupide
idylle… »
Or, fou de joie, le jeune homme lui déclara son amour dévorant.

La passion réciproque des jeunes gens les combla de bonheur.
Sans se soucier des flocons dans leurs cheveux, ils s'enlacèrent.
Adrienne apercevait enfin une lueur d'espoir dans son malheur :
Après des mois, elle avait fini par trouver son fiancé de l'hiver.

Or ses parents ne virent pas cet amour d'un bon œil
Et congédièrent le sculpteur de glace au petit matin.
Leur fille épouser un individu au si léger portefeuille ?!
Non. Jamais ils n'offriraient à cet homme sa main !

Mais la séparation des jeunes gens les anéantit de tristesse,
Et Adrienne quitta son palais d'or pour rejoindre son amant.

Sa passion était immense et elle n'avait que faire de sa noblesse.
Elle préféra partir avec celui qu'elle aimait follement !

Leur vie fut des plus simples, mais des plus heureuses :
Ils s'aimaient et souhaitaient vivre ainsi pour l'éternité !
Ils sortaient chaque soir dans des guinguettes chaleureuses,
Valsant jusqu'au petit matin, sans jamais s'arrêter.

Leur relation et leur bonheur semblaient extraordinaires,
Mais Adrienne redoutait que cette joie ne vienne à disparaître.
Ses maigres liquidités épuisées, ils plongèrent dans la misère,
Et une terrible crainte l'emplit au plus profond de son être.

Sa beauté se fanait en même temps que sa jeunesse,
Le sculpteur de glace l'aimerait-il toujours autant ?
Elle n'avait plus rien, plus de rêves ni de titre de noblesse,
Ne pouvant lui offrir qu'un amour éternel, faute d'argent.

Les œuvres de son amant ne perdaient jamais de leur splendeur,
Pourquoi ne pouvait-elle pas atteindre elle aussi cette immortalité ?
La jeune femme était constamment rongée par cette peur,
Et toutes les promesses du sculpteur ne pouvaient la rassurer.

Alors un beau jour, elle sollicita à son bien-aimé une faveur.
Elle souhaitait être congelée, devenir un être immortel.
Le froid figerait pour toujours sa beauté et son cœur,
Espérant ainsi que son amour pour elle demeure éternel.

Le jeune homme l'implora de revenir sur sa décision,
Lui déclara son amour véritable à longueur de journée,
Lui jura que jamais, jamais ne faiblirait sa passion,
Et que si elle mettait fin à ses jours, il cesserait d'exister !

Mais tous ses mots doux et ses efforts furent vains,
Adrienne ne supportait plus cette angoisse continuelle.
Le sculpteur la trouva assise au bord d'un lac gelé un matin,
Et lut au fond de ses yeux qu'elle n'attendrait pas le dégel.

Alors, son amant se résigna à faire un trou dans la glace,
Et la jeune femme, sans hésiter, sans frémir, s'y immergea.
Après un dernier baiser, elle se laissa flotter à la surface,
Et en quelques minutes, se retrouva figée dans le verglas.

Le malheureux sculpteur resta des heures dans le froid,
À contempler, à travers la glace, le visage de sa dulcinée.
Il ne se contraignit à se lever que lorsqu'il ne sentit plus ses doigts,
Et que ses yeux furent secs, après avoir longuement pleuré.

Le fidèle amant revint auprès de sa belle tous les jours,
Polissant pendant des heures la surface du lac gelé.
Il s'allongeait sur la glace pour lui murmurer des mots d'amour,
Jusqu'à ce que l'apparition de la lune marque la fin de la journée.

Mais le rude hiver lui causa de douloureuses engelures,
En quelques semaines, il perdit à jamais ses doigts.
L'artiste dut renoncer pour toujours à ses sculptures ;
Tout s'acharnait contre lui, le destin l'avait pris pour proie !

Un soir, alors qu'il était auprès de sa bien-aimée,
Il s'endormit, rompu de fatigue et de tristesse.
Or cette nuit-là, ses yeux se fermèrent pour l'éternité :
On le retrouva au matin, enlaçant Adrienne avec tendresse.

Todd Howell

C'est le récit d'un étrange phénomène,
Qui se produisit pourtant sur une humaine.
La femme désirait depuis toujours un enfant,
Qui n'arrivait pas, malgré les ans.
C'était pourtant son souhait le plus cher,
Mais personne ne semblait entendre ses prières.

Alors, quand son mari mourut de vieillesse,
Elle abandonna son rêve de jeunesse.
La vie n'avait pas voulu faire d'elle une mère,
Malgré la douleur, il fallait s'y faire.
Aucun bambin n'avait rempli de joie son quotidien,
Et à soixante-dix ans, c'était un vœu sans lendemain.

La femme continua de mener sa vie et vieillit,
N'y pensant plus, se faisant à cette fatalité.
Jamais elle ne fonderait une famille :
Cela semblait être sa triste destinée.
Avec le temps, elle oublia son rêve perdu,
Et mena une existence discrète, en reclus.

Mais un jour elle eut au ventre d'effroyables douleurs,
Ne sachant ce que c'était et quoi faire,

Elle partit voir un médecin pour qu'il ausculte sa chair.
Elle crut bien, un instant, qu'arrivait son heure.
C'est vrai que son cas intrigua fort le médecin
Qui, face à son mal, ne put lui apporter que son soutien.

Mais jour après jour, son supplice ne s'effaçait
Et, désespérée, elle retourna chez le docteur.
Ne connaissant sa souffrance, il chercha à apaiser sa peur,
En lui faisant des examens de plus en plus poussés.
Enfin, il trouva la cause de son tourment,
Ce cas, jamais rencontré, le laissa les bras ballants.

Le médecin sortit des entrailles de la vieille dame,
Un bébé tout fossilisé de quatre kilogrammes.
L'être, sous sa coquille, semblait encore vivant,
Mais âgé déjà de quarante-six ans.
Quand le calcaire fut retiré du nouveau-né,
Le médecin et la mère constatèrent qu'il respirait.

Ses yeux étaient déjà emplis de sagesse,
Ses mouvements étaient sûrs et maîtrisés.
Il ne pleura pas, sourit même avec gentillesse :
Il ne ressemblait, en fait, pas à un vrai bébé.
Sa mère fondit en larmes, le prit dans ses bras,
Son vœu de toute une vie exaucé, le berça.

Ainsi débuta la vie de Todd Howell.
Pendant toutes ces années, il avait appris et écouté,
Et était ainsi déjà un grand intellectuel.
À sa naissance, il savait déjà lire et compter !
Il parlait d'une voix d'adulte mais avait les membres fragiles :
Il avait passé trop de temps recroquevillé dans sa coquille.

La vie du poupon parut tout d'abord précaire,
Ses poumons avaient du mal à se remplir d'air.
Son corps semblait aussi fragile que la porcelaine,
Prêt à s'émietter à la moindre collision.
Sa mère dut alors l'envelopper de laine
Pour que ses os ne se brisent pas d'horrible façon.

Son métabolisme mis à rude épreuve,
Todd Howell faillit bien ne pas atteindre trois mois.
Autour de lui était constamment la veuve,
Qui lui évita des accidents plus d'une fois.
Car, après tant d'années resté enfermé,
Le vieux garçon était maintenant très animé.

Ce personnage déstabilisa souvent sa mère
Qui, ni à un nourrisson, ni à un homme, n'avait affaire.
Il connaissait de nombreuses choses étonnantes,
Qu'il avait pu écouter depuis son antre.
Mais il découvrait à présent le monde, ses couleurs,
Les paysages, les animaux et les fleurs.

Il mettait des images sur des mots,
Qui n'avaient jusque-là été que murmures.
Après avoir entendu leur chant, il voyait les oiseaux,
Des mélodies perçues, il en découvrit la nature.
Les années d'obscurité laissaient place à la lumière
Et lui révélaient des merveilles, mettant fin au mystère.

Ainsi Todd Howell vécut deux vies :
La première fut d'ombre, de solitude et de voix ;
La seconde de clarté, de visions et de joie.
Ses grandes connaissances lui valurent le nom de génie,
Car il excellait dans les mathématiques,
Les langues, la philosophie et l'astrophysique.

Il connut finalement très peu sa mère,
Qui mourut après trois hivers.
Son âge avancé ne pouvait être évité
Mais avait été exaucée sa plus grande attente.
Elle quitta donc le monde des vivants le cœur léger,
Après tant de temps passé dans la tourmente.

Le vieux garçon garda jusqu'à sa mort un corps informe :
Rien dans ses membres biscornus n'était uniforme.
Cela rappelait le souvenir de sa vie antérieure,
Qu'il avait mené dans l'inconnu et la peur.
Finalement, peu de gens connurent son secret,
Car, aux plus curieux, il ne voulait le révéler…

Six pieds sous terre

Il faisait noir. Plus noir que la nuit.
Tout était silencieux. Pas un seul bruit.
Mes paupières lourdes avaient du mal à se soulever.
Je n'avais pas la moindre idée d'où je me trouvais.

Mes membres étaient totalement engourdis,
Pendant plusieurs minutes, bouger me fut interdit.
Et quand je pus passer une main devant mes yeux,
Je ne distinguai rien, très mystérieux…

Je me rendis compte que j'étais allongée,
Pas sur un lit, mais peut-être sur un parquet…
Mon dos était douloureux et lancinant,
Je semblais être ici depuis un bon moment…

Mon corps était très faible, mon esprit confus,
Mes yeux aveugles et mes pensées perdues.
Je n'avais aucune idée de l'heure et du lieu ;
Je restais immobile à réfléchir un peu.

En tâtant mon corps, je sentis que j'étais habillée
De ma plus belle robe que je ne portais d'ordinaire jamais.

Mes bagues, mes colliers et tous mes bijoux,
Étaient à mes doigts, mes poignets et autour de mon cou.

Au bout de quelques minutes, voulant me redresser,
Mon front frappa un plafond très bas et je retombai.
Une horrible douleur me vrilla la tête,
Le plafond n'était qu'à cinquante centimètres !

En étirant mes bras de tous côtés,
Je me rendis compte que j'étais enfermée.
Je ne comprenais rien, n'avais aucun souvenir,
Je ne savais pas de cette caisse comment sortir !

Le silence m'oppressait, ma respiration s'accéléra.
Le noir m'effrayait, la panique me gagna.
Je n'entendais que mon propre souffle et mon cœur,
Cette situation me plongeait dans la terreur !

Je n'avais aucun souvenir de mon passé,
Je ne savais pas comment ici j'étais arrivée.
Où étais-je ? Qu'était ce lieu si inquiétant ?
Pourquoi m'était-il défendu tout mouvement ?

De mes poings je me mis à frapper
Les planches de bois aussi fort que je le pouvais.
Les bruits étaient étouffés, le bois ne cédait pas.
Je me mis à hurler, mais cela ne changea point mon cas.

J'étais enfermée. J'étais prisonnière.
Mes pensées brouillées, je ne savais quoi faire.
Je me trouvais dans une caisse en bois exiguë,
Totalement insonorisée et dans un noir absolu.

Le Recueil des Curiosités 111

Je me forçai à respirer calmement,
L'atmosphère était lourde, le mystère pesant.
Mais si je voulais trouver un moyen de sortir
Il fallait que je réfléchisse, il fallait me ressaisir !

Une pensée fugace me traversa l'esprit.
Il faisait frais, il y avait une légère odeur de moisi.
Et si j'étais sous terre, au fond d'un cercueil ?
À cette idée, je me mis à trembler comme une feuille.

Des larmes brûlantes coulèrent sur mon visage,
Au fond de moi se mêlèrent la peur et la rage.
Je restais à sangloter un long moment,
Jusqu'à ce que mes yeux s'assèchent silencieusement.

De ma voix enrouée par l'émotion,
Je me mis à appeler à l'aide : unique solution…
Je criai longtemps, jusqu'à ce que ma voix se brise,
Que ma gorge fût en feu et que ma volonté s'épuise.

Dans ma poitrine, mon cœur allait exploser,
Il tambourinait plus fort que jamais !
J'avais chaud, j'étais trempée de sueur,
Jamais dans ma vie je n'avais eu aussi peur !

Dans ce silence total, le temps n'avait plus d'unité.
Je ne savais dire si j'étais là depuis des heures ou des journées.
Dans cette profonde obscurité, il n'y avait pas une ombre.
Mes yeux tentaient en vain de percer la pénombre.

Je me rendis compte alors avec désespoir,
Que j'avais besoin de manger et de boire.
Je tâtai chaque recoin du cercueil de mes mains
Mais il était vide, j'étais seule avec ma faim.

La gorge sèche je cédai une nouvelle fois,
Et de fureur, hurlai ma peine à haute voix.
Je m'agitai, me débattis dans cette prison enfouie,
Dans cet espace qui semblait de plus en plus réduit.

De mes doigts, je grattai le bois jusqu'au sang,
Jusqu'à en perdre mes ongles en pleurant.
Je ne faisais qu'émietter la surface rugueuse,
Et rendre mes mains atrocement douloureuses.

J'arrachai à mon cou une amulette d'argent
Et me mis à graver les planches désespérément.
Le temps s'écoula, je m'assoupis quelques fois,
Puis je reprenais mon dur labeur sur la paroi.

Le bois se fissura et grinça sans céder,
Cela eut pour seul effet de laisser entrer
Les cloportes, fourmis et autres vers,
Qui sous les sols, autour de moi, se terrent.

Soudain, quelques gouttes tombèrent sur mon visage.
L'eau, à travers la terre se frayait un passage.
Elle s'insinuait entre les fissures : il devait pleuvoir.
Épuisée, léchant l'humidité sur le bois, j'essayai de boire.

Plus le temps passait, plus je faiblissais.
Mes membres peu à peu se décharnaient.
Je n'étais plus qu'un cadavre vivant,
Je n'avais plus la force de faire le moindre mouvement...

Mes songes étaient envahis de fantômes,
Le sommeil me plongeait dans un noir royaume.
Je me sentais happée doucement par la mort,
Je savais que plus jamais je ne verrais l'aurore...

Mes yeux distinguaient des silhouettes imaginaires,
Au fond de ma tombe, je faisais mes prières.
Mes oreilles entendaient des bruits irréels,
Qui à la surface m'appelaient hors de ce tunnel.

Puis au bout de onze jours, j'entendis un aboiement,
Lointain, mais qui me rappela mon petit chien blanc.
Le jappement d'heure en heure ne faiblissait
Et j'en compris subitement toute l'authenticité.

Mon fidèle ami semblait avoir senti ma présence
Et allait me sauver de cette terrible souffrance !
J'usai de mes dernières forces pour pousser un râle,
Qui, dans tout mon corps, me fit extrêmement mal.

Après ce qui me parut des heures d'attente,
J'entendis au-dessus de moi une rumeur grandissante.
Je patientais entre conscience et évanouissement
Que l'on me délivre de ce cachot angoissant.

Enfin, une pelle vint frapper les planches de bois,
Le couvercle fut arraché, mon cœur explosa de joie.
La lumière du jour m'éblouit de sa blancheur,
Cela faisait onze jours que je vivais dans la noirceur.

On sortit de la tombe mon corps squelettique,
Mon chien sauta dans mes bras cadavériques.
Le museau tout terreux, il me lécha le bout des doigts,
Faisant ressurgir des souvenirs d'autrefois...

Mais mes yeux se fermèrent insensiblement,
La vie me quittait, fini les beaux printemps.

Mon fidèle ami resta tout le temps dans mes bras,
Jusqu'à ce que je rejoigne lentement l'au-delà.

Je lâchai mon dernier soupir, adossée à la stèle,
Sur laquelle était gravé : « Ci-gît Mary O'Connell ».

L'Ombre d'Archibald Hester

Archibald Hester n'était ni un grand ni un mauvais écrivain :
On pourrait simplement le qualifier d'auteur ordinaire.
Ses œuvres lui permettaient de subsister à ses besoins,
Bien qu'il ne parvienne pas à faire une grande carrière.

Les écrivains – poètes, romanciers et essayistes –
Pullulaient par centaines, tous débordants de créativité.
Il était difficile de se démarquer parmi cette foule d'artistes
Et peu d'entre eux acquéraient la gloire tant espérée...

Archibald vivait dans une petite chambre sous les toits,
Qu'il s'était procurée grâce à la publication de ses fictions.
Son logis, très encombré, était assez exigu et étroit,
Et servait d'atelier où il laissait libre cours à son imagination.

La mansarde était constamment parcourue de courants d'air :
Le vent sifflait à la fenêtre et dans le conduit de cheminée.
Le parquet était froid sous les pieds durant tout l'hiver,
Et même un bon feu dans l'âtre ne pouvait y remédier.

L'écrivain s'installait à son bureau pendant des heures,
Sous l'unique lucarne qui laissait entrer un halo de lumière.

Il griffonnait ses idées, entouré du bruit des rongeurs,
Des rats qui se baladaient dans les murs, leur repère.

Un soir, alors qu'Archibald écrivait dans son lit,
Son carnet sur les genoux, sa plume dans la main,
Le sommeil fut plus fort que lui et il s'endormit,
Son matériel reposant à ses côtés jusqu'au petit matin.

Or cette nuit-là, il se passa un événement fabuleux.
À son réveil il découvrit des lignes inconnues dans son cahier…
Il reconnut pourtant son écriture et son style minutieux,
Mais le texte lui était totalement étranger !

En parcourant ce qu'il avait écrit inconsciemment,
Il se rendit compte que c'était d'une grande qualité.
Le style, l'intrigue, l'atmosphère étaient époustouflants.
Bien mieux que tout ce qu'il n'avait jamais rédigé !

Le travail qu'il avait produit par somnambulisme
Le laissa confus, dans un trouble des plus complets…
Il douta un moment de ces phrases et de leur réalisme,
Se demandant s'il n'était pas encore en train de rêver.

La nuit suivante, il tenta alors de forcer l'expérience,
Et se coucha avec son carnet ouvert à une nouvelle page.
Il prit sa plume, son encrier, puis attendit avec impatience
Que le sommeil l'emmène sur de lointains rivages.

Au petit matin, ses feuillets s'étaient encore remplis
De centaines de lignes dont il n'avait pas le souvenir.
Il écrivait inconsciemment pendant toute la nuit
Une œuvre prodigieuse qui lui promettait un grand avenir.

Archibald avait cependant le dérangeant sentiment
Que le récit ainsi conçu n'était pas de sa création.
Un écrivain inconnu semblait élaborer son roman
Qu'il s'appropriait faute de meilleure inspiration.

Le manuscrit était bien rédigé de ses mains,
Mais ce n'était point son esprit qui les commandait !
Pendant son sommeil, il n'avait conscience de rien,
Il ne savait pas d'où venait ce talent et ces idées...

Mais l'œuvre ainsi engendrée était parfaite,
Et Archibald Hester ne put s'empêcher de continuer.
Il ignora ses remords, garda cette infamie secrète :
L'opportunité était trop belle pour y renoncer.

L'ouvrage ne semblait pas avoir de véritable auteur ;
Pourtant, en quelques mois, l'histoire toucha à sa fin.
Archibald avait l'étrange sensation d'être le premier lecteur
D'un texte dont son corps était pourtant l'écrivain !

L'œuvre ainsi publiée lui offrit une certaine renommée :
Les critiques furent élogieuses et les avis très bons.
Cette gloire lui ouvrit enfin les portes de la célébrité
Et l'incita à poursuivre ses nocturnes opérations...

Au fil des ans, il publia de nombreux ouvrages,
Devenant ainsi un écrivain extrêmement célèbre.
Personne ne découvrit le mensonge derrière ces pages :
Il espérait que la ruse ne jaillirait jamais des ténèbres.

Car si le miracle d'Archibald Hester cessait un beau jour,
Son plus honteux secret serait démasqué...
Or cette imposture lui pesait extrêmement lourd,
Et il devait redoubler d'efforts pour la dissimuler.

De plus, la crainte que ne disparaisse un jour cette faculté,
Le plongea dans une angoisse et une nervosité constantes !
Car, si un matin, il découvrait ses feuilles vierges d'idées,
Ce serait très certainement la fin de sa carrière épatante.

De plus en plus paranoïaque, il se terrait chez lui,
Et fermait à clé le tiroir où reposaient ses précieux carnets…
Il occultait sa lucarne d'un épais rideau durant la nuit,
Pour être certain que personne ne l'épie en secret.

Oiseau de nuit, ses activités étaient très suspicieuses :
Dès le soir, sa chambre se retrouvait plongée dans le noir.
Il se couchait au chaud sous sa couette duveteuse,
Attendant que du sommeil jaillissent de superbes histoires.

Chaque fois qu'on lui demandait d'où venaient ses idées,
Archibald devenait aussi pâle qu'un revenant.
Il perdait ses moyens, tremblait, bégayait,
Puis se sauvait de peur d'un instant d'égarement.

Terrorisé, il se mit à fuir les regards
Et se tapit chez lui pour échapper à tous ces yeux.
Il semblait déceler – horrible cauchemar –
Une accusation silencieuse dans chacun d'entre eux …

Par malheur, cette vie d'ermite lui fit perdre la tête :
Il commença à craindre ses propres mains !
Il avait peur d'être leur simple marionnette
Et de ne plus retrouver leur contrôle au petit matin.

Il redoutait qu'elles ne se désintéressent de leur récit,
Et ne lui tordent le cou pendant son sommeil.
Qu'il s'éteigne, seul et impuissant, au fond de son lit
Sans que ses cris de détresse n'atteignent aucune oreille.

S'épouvantant de tout le mal qu'elles pouvaient lui causer,
Il les battit, les griffa jusqu'au sang et les brisa au marteau.
Ses yeux devinrent fous, ses pensées brouillées :
Pris de démence, il fuyait maintenant le repos !

Un instant, il maudissait ses mains puis les chérissait,
Les giflait puis embrassait ses phalanges meurtries.
Après ses insomnies, il cessa de s'alimenter,
Plongeant toujours plus profond dans sa folie.

Archibald Hester ne fut bientôt que l'ombre de lui-même,
Ses vêtements battants ses hanches squelettiques.
Ses membres étaient faibles, son visage blême,
Et de profonds sillons noirâtres cernaient ses orbites.

Il passait ses journées plongé dans le noir et le silence,
N'ayant même plus la force d'entrouvrir ses rideaux.
Son esprit tourmenté lui causait mille souffrances,
Sa folie le perdait, que d'épouvantables maux !

Il affirmait être possédé par un autre que lui !
Son âme était en proie à un être malfaisant,
Qui prenait possession de son corps durant la nuit.
Le diable en personne l'utilisait tel un vulgaire enfant !

Tout son être était torturé par cette démence :
Il ne griffonnait plus que des textes incompréhensibles.
Ses pages se recouvraient de phrases sans aucun sens,
Des gribouillis qui devenaient de plus en plus illisibles.

De sa plume folle, il perçait et déchirait ses écrits,
Qui venaient joncher le sol d'un tapis de feuilles.
Finalement, cette force maléfique eut raison de lui.
Il s'éteignit un matin dans son lit, à jamais son cercueil…

Le Chat

James Edwards était un riche vieillard,
Qui vivait seul, reclus dans son grand manoir.
Dans les montagnes, la demeure était très isolée,
Il n'avait à ses côtés qu'un chat, une servante et un jardinier.
Bien que diminué, il était très attaché à son domaine,
À sa belle bâtisse, son parc et ses fontaines.

Mais le vieil homme n'avait plus aucune famille,
Et le jour de sa mort, il légua à la petite ville,
Toute sa fortune, ses biens, sa vaste propriété
Ainsi qu'Oscar, son matou bien-aimé.
Faute de descendants, ce fut au village
Que revint l'entièreté de son riche héritage !

Derrière la grande grille du domaine en fer forgé,
Des platanes bordaient son allée gravillonnée.
Jusqu'à la porte montait un double escalier en pierre,
Qui permettait d'entrer dans un hall spectaculaire.
Le manoir était constitué de dizaines de salles,
Aux plafonds vertigineux et aux cheminées colossales.

Le domaine avait toujours été entretenu soigneusement :
James Edwards y avait veillé jusqu'à ses derniers instants,

Si bien que la demeure fut transformée en maison médicale,
Dédiée à des patients en phase terminale.
Les tristes victimes du destin purent ainsi profiter
Du vaste jardin et de la splendeur de la propriété.

Oscar put également rester dans la maison, chez lui :
Jamais, de toute son existence, il n'en était sorti.
Les infirmiers décidèrent de veiller sur lui personnellement,
Pour qu'il puisse continuer sa vie bien tranquillement.
De plus, il apporterait un peu de compagnie en ce lieu,
Pourrait redonner le sourire à ces patients malheureux.

Malheureusement, c'était mal connaître ce chat,
Qui fuyait les malades souhaitant le prendre dans leurs bras.
Peu affectueux, aux caresses il préférait l'errance,
Dans ce grand domaine qu'il arpentait depuis sa naissance.
De par ses longs poils blancs et son caractère discret,
Fantôme, il fut donc immédiatement surnommé !

Or, un jour, une infirmière le vit couché auprès d'un patient
Blotti dans son lit et ronronnant doucement.
Perplexe, la femme s'approcha avec discrétion,
Craignant que l'animal ne se sauve d'un bond…
Mais celui-ci n'en fit rien et resta immobile :
L'infirmière pressentit arriver un grand péril !

Redoutant un sinistre événement, elle entra dans la pièce,
Et assista aux derniers instants du malade avec tristesse.
Malgré ses efforts, elle ne parvint pas à le sauver,
Et ne put que vainement assister à son décès.
Lorsque le patient lâcha son dernier souffle, Oscar se leva,
S'étira et, par la porte entrebâillée, s'en alla.

Cet incident se renouvela de plus en plus souvent :
Parfois un infirmier trouvait Oscar dans les bras d'un mourant.
Le chat, entre les couvertures, était confortablement installé
Et attendait les derniers instants du patient pour se retirer.
Il semblait sentir quand la vie s'apprêtait à quitter un corps
Et rendait visite aux malades à l'approche de leur mort.

Le personnel médical décida donc de suivre Fantôme
Lorsqu'il se rendait auprès d'un patient aux sévères symptômes.
Et si le matou se couchait dans le lit, il prévenait la famille
Pour qu'elle soit aux côtés du mourant en ce moment difficile.
Et même au milieu de ce ballet de personnes endeuillées,
Oscar patientait calmement, ronronnant et sans bouger.

Les médecins et les infirmiers affirmèrent le chat béni,
Mais d'autres personnes en eurent peur et le dirent maudit.
Car si certains pensaient qu'il pressentait la mort,
Pour d'autres, il était la cause de ce mauvais sort !
Or le personnel connaissait les graves malades du manoir,
Et savait très bien que leur trépas n'était pas lié au hasard !

Oscar accompagna ainsi des malades en fin de vie,
Et apporta aux médecins un précieux appui.
Le chat, loin d'apprécier la présence des vivants,
Ne s'approchait d'eux que lorsqu'ils étaient expirants.
Pendant de longues années, il fut donc auprès des infirmiers :
Tel un roi, il régnait dans cette immense propriété.

Mais le chat ne put échapper à la vieillesse :
Le temps avait également prise sur lui, quelle tristesse !
Alors Oscar, en sentant sa propre mort arriver,
Sortit du domaine qu'il n'avait encore jamais quitté.
Il franchit la grande grille au milieu de la nuit,
Et s'éloigna en direction du cimetière sans un bruit.

Il erra entre les stèles jusqu'à trouver celle de son maître :
À cette heure-ci, les ténèbres pesaient sur la nécropole déserte.
Le vieux chat blanc, semblable à une vision spectrale,
Se coucha en boule au pied de la pierre tombale.
Aux côtés de son cher maître, il s'endormit pour toujours :
C'est ainsi que son corps fut retrouvé au lever du jour.

La Petite Fille de verre

Je m'appelle Ophélie et j'ai douze ans.
Je vis avec mon grand-père à Paris,
Proche de la gare, dans un appartement
Au-dessus de sa boutique d'horlogerie.

Mais je ne suis pas comme les autres filles…
Je suis née avec un squelette de verre,
Une maladie rendant les os fragiles.
Au moindre choc, je risque de me briser,
Telle une poupée sous une pluie de pierres,
Un délicat corps en porcelaine pulvérisé.

Ma chambre est calfeutrée de coussins,
Comme les cellules d'un asile psychiatrique,
Pour que les objets ne me blessent point
Et que ma vie soit moins apocalyptique.

Je mène donc un quotidien reculé,
Loin des jeunes enfants trop chahuteurs.
Leur présence peut être source de danger,
Car je suis aussi cassante qu'une allumette.
Je m'enroule constamment de pulls miteux,
Espérant amortir une chute de bicyclette.

Mais papy refuse que je coure en rond,
Et encore moins que je monte sur un vélo.
Il me fait l'école à la maison
Et m'apprend plein de nouveaux mots.

Je l'aide également à tenir sa boutique,
Petite pièce remplie d'horloges et d'aiguilles
Qui sonnent toutes les heures en musique.
Lunettes sur le nez, il opère avec minutie,
Ces corps mécaniques aussi petits que des billes
Et aux engrenages émetteurs de cliquetis.

Loin de toutes activités « dangereuses »,
Mes journées peuvent paraître interminables.
Je m'occupe donc pour rester joyeuse,
Et passer des moments agréables.

Ma chambre exiguë se trouve sous les toits,
Et j'observe tous les matins, par la lucarne,
Le réveil de la cité et de ses villageois.
D'ici, je contemple les dizaines de cheminées,
La coupole de la gare et les pigeons qui s'acharnent
Sur les miettes de pain que leur lance Mme Astier.

Je descends ensuite par l'escalier grinçant,
Prendre avec mon grand-père le petit déjeuner.
Lorsqu'il me dispense d'enseignement,
Je me rends dans la librairie pour fureter.

Pour sortir, il faut que je m'équipe de protections :
Je dois faire preuve d'une grande prudence
Et avec du tissu, je m'enroule les articulations.
La librairie n'est qu'à quelques rues,

Mais la circulation peut être dense :
Le moindre trajet devient très ardu.

Les avenues sont bondées de piétons,
Calèches et voitures jaillissent de tous côtés.
La librairie offre en toutes saisons
Un havre de paix dans cette ville très animée.

Lieu moins bondé que la bibliothèque,
On y trouve tout autant d'ouvrages,
De Jules Verne, Baudelaire ou encore Sénèque.
Des centaines de livres s'empilent jusqu'au plafond,
Narrant des épopées invitant au voyage,
Et développant ma fabuleuse imagination.

La boutique étroite sent toujours le bois,
Le papier ancien et le cuir des couvertures.
Ici, le silence règne, pas une voix :
C'est le paradis de la littérature.

Les lampes à huile suspendues au plafond
Baignent le lieu d'une faible lueur ambrée,
Qui se reflète sur le parquet lustré marron.
Des échelles atteignent le haut des rayonnages –
Où les écrits sont minutieusement classés –
Et permettent d'atteindre tous les ouvrages.

Je repars toujours avec de nombreux livres,
Que je déniche au plus haut des étagères.
D'extraordinaires histoires ils me font vivre,
Et mes mains les sortent de la poussière.

Je me dirige ensuite vers la gare
Par des petites ruelles pavées,

Loin de l'effervescence des grands boulevards.
J'écoute sa grande horloge sonner midi,
Avant de pousser les portes de l'entrée
Et de pénétrer prudemment dans le bruit.

Je trouve la gare ferroviaire magique.
Les voyageurs frappent le sol de leurs pieds,
Créent tous ensemble une jolie musique,
Une cadence de milliers de pas bien rythmés.

Je me croirais dans une cathédrale
Lorsque je pénètre cet immense édifice,
Composé uniquement de verre et de métal.
La foule grouille, comme dans une fourmilière,
Autour de piliers et de quais qui n'en finissent,
Et s'active dans un ballet extraordinaire.

J'observe, amusée, les différentes personnes :
La serveuse du petit café avec son tablier,
Les bourgeois accompagnés de leur bonne,
Et de leurs chiens ou encore les simples ouvriers.

Des dizaines de parfums chatouillent mon nez :
L'arôme des jonquilles de la fleuriste,
Des petits pains sortant du four du boulanger,
De la suie et du charbon des cheminots,
Des eaux de toilette des riches touristes,
En passant par les plats du bistrot.

Toute cette agitation m'enivre et me berce,
Puis voilà qu'un train entre en gare.
Autour de ses wagons, des voyageurs se pressent,
Des gens se retrouvent, d'autres se séparent.

Je regarde avec envie ce long véhicule
Et sa locomotive crachant de la vapeur.
À côté, je me sens vraiment minuscule.
J'aimerais un jour pouvoir monter dedans,
Mais papy me le refuse, il a trop peur
Des secousses qui pourraient me blesser mortellement.

Je me contente donc simplement d'observer
Les centaines d'allées et venues des trains.
Je respire leurs nuages blancs de fumée,
Écoute les crissements des rails tel un refrain.

Les après-midis, j'écoute un musicien
Qui joue de l'accordéon dans les rues ;
Je lis mes trouvailles du matin et je peins.
Mes aquarelles s'inspirent de mes rencontres :
Un chat, un vieillard ou tout autre individu.
Enfin je rafistole mes propres montres.

Puis, quand le jour décline, je grimpe sur les toits.
J'observe le soleil rougeoyer et se coucher :
Je peux presque toucher les étoiles du bout des doigts !
En bas, les réverbères se sont allumés.

Je reste souvent assise bien longtemps,
À observer les lueurs derrière les fenêtres.
Ici, je n'ai plus la notion du temps.
J'écoute calmement le silence de la nuit
Avant que la fraîcheur me pousse à disparaître,
Et que je regagne mon lit vers minuit.

Plein de lieux magiques me font rêver !
Sûrement inspirée de mon grand-père,

J'adore les nouvelles inventions sophistiquées
Telles que la création des frères Lumière.

Ainsi, j'apprécie énormément,
Lorsqu'il fait trop froid pour aller dehors,
Le cinématographe et son grand écran.
Assise dans un de ses fauteuils carmin,
Il arrive même que je m'endorme,
Mon corps en sécurité entre les coussins.

Les images fugaces en noir et blanc
Se déversent du projecteur devant mes yeux,
Tandis qu'un pianiste joue de son instrument
Pour accompagner le film silencieux.

Que la ville est calme à la tombée du jour !
De ma chambre mansardée, je prête l'oreille
Aux bruits du soir dans les alentours.
J'entends des chats miauler et je m'assoupis
Avec la vue sur la tour Eiffel, cette merveille,
Qui symbolise toute l'authenticité de Paris !

ANNEXES

Le Cirque du chagrin

Les phénomènes de foire, ou monstres humains, étaient des personnes à l'apparence physique atypique qui étaient exposées dans des foires, des musées ou des cirques comme de vulgaires attractions aux 19e et 20e siècles en Europe et aux États-Unis. À cette époque, les êtres humains atteints de malformations ou d'une maladie causant d'extrêmes difformités étaient tenus reclus de la société et n'avaient souvent pas d'autre choix que de s'exhiber comme curiosité pour survivre. Tel était le cas notamment de plusieurs siamois.

Il existe diverses familles de siamois, liés par le ventre, le dos ou encore la tête, et tous sont contraints de mener un quotidien pénible en étant physiquement unis à leur jumeau. Mais le début d'une nouvelle ère médicale s'est ouvert en 2022, lorsque des jumeaux siamois brésiliens reliés par le cerveau ont été séparés avec succès. L'opération révolutionnaire, bien qu'ayant eu lieu à Rio de Janeiro, a été menée depuis la capitale britannique grâce à la réalité virtuelle. Les jumeaux, âgés de trois ans, ont subi plus de vingt-sept heures d'opérations durant lesquelles sept interventions chirurgicales différentes ont été effectuées. Finalement, après une longue attente pleine d'incertitudes, l'opération a été menée avec succès.

L'Homme sans tête

Un être vivant a bel et bien vécu dix-huit mois sans tête après une décapitation. Cependant, il ne s'agissait pas d'un homme, mais d'un coq, surnommé Mike le poulet sans tête. Le coq aurait vécu dix-huit mois après que sa tête eut été découpée le 10 septembre 1945. Il est aujourd'hui encore impossible de confirmer cette histoire, même si son propriétaire, Loyd Olsen, l'aurait emmené à l'université d'Utah à Salt Lake City pour confirmer ses dires. Fait divers très relayé à l'époque, le poulet et son propriétaire entreprirent une tournée à travers les États-Unis. Mike le poulet fut photographié, soumis à une batterie de tests et de nombreux journaux s'emparèrent de cette histoire. Il fallait alors payer 25 cents pour voir le poulet phénomène. Celui-ci rapportait près de 4 500 dollars par mois et fut assuré pour 10 000 dollars. Il était accompagné d'une tête de coq coupée, qui s'est révélée ne pas être la sienne, car cette dernière aurait été mangée par un chat.

Bien qu'un poulet décapité ne survive normalement pas plus de quinze minutes, la tête de Mike aurait été coupée à ras, conservant le tronc cérébral, la carotide et différentes fonctions vitales comme le battement cardiaque, la respiration et la digestion, et expliquerait sa longévité hors du commun. Mike était nourri au compte-gouttes avec des aliments liquides directement déposés dans son œsophage, tandis qu'un nettoyage avec une seringue était réalisé afin de débarrasser sa trachée de mucus. Malheureusement, son propriétaire aurait oublié un jour de réaliser ce processus de nettoyage et le coq serait mort par étouffement en mars 1947.

À l'abri des larmes

L'urticaire aquagénique, ou autrement dit, l'allergie à l'eau, est une maladie bel et bien réelle. Elle est extrêmement rare : jusqu'à présent, seules 40 personnes ont reçu ce diagnostic dans le monde. Cependant, elle peut être très dangereuse… Le moindre contact avec le liquide, que ce soit par la peau ou par ingestion, génère de petites plaques rouges sur la peau qui entraînent une sensation de brûlure et de démangeaison. Cette allergie peut conduire à un choc anaphylactique grave, caractérisé par un essoufflement, une respiration sifflante, un visage gonflé ainsi qu'une sensation de blocage dans la gorge. Les personnes atteintes de cette maladie deviennent même intolérantes à leur propre sueur ou à leurs larmes, ce qui a de graves conséquences au quotidien et empêche de mener une vie normale. Malheureusement, malgré les nombreuses recherches, la science n'est pas encore en mesure d'identifier les causes de l'allergie à l'eau ni d'y trouver un remède, rendant cette maladie encore très mystérieuse.

Papillon

En 2024, après avoir été déclaré mort, un Indien de 80 ans est revenu à la vie dans l'ambulance qui le ramenait chez lui pour la cérémonie des obsèques. Alors qu'il était sous un respirateur artificiel depuis plusieurs jours à cause de la fragilité de sa santé, les médecins avaient déclaré que son rythme cardiaque s'était arrêté et avaient retiré le respirateur. C'est le petit-fils du miraculé, se trouvant à l'arrière du véhicule lors du transport du défunt vers la crémation, qui a été témoin de cette résurrection. Après que l'ambulance a roulé dans un nid de poule, son grand-père s'est mis à bouger la main suite au choc.

Perplexe, le petit-fils a alors vérifié si le cœur battait : c'était bien le cas. Il a aussitôt alerté le chauffeur pour que le miraculé soit conduit à l'hôpital le plus proche, où les médecins n'ont pu que constater que le mort ne l'était pas.

Photographies d'un autre monde

La photographie de fantômes, ou à vocation spirite, est une pratique apparue au 19ème siècle. Ce procédé prétendait capturer des images d'esprits aux côtés de leurs proches ou de sujets vivants. Il a eu un impact important sur les croyances liées aux phénomènes paranormaux car il semblait conjuguer la science – qui était alors traversée par de nombreuses avancées techniques – et les croyances religieuses. La fascination du public pour la photographie de fantômes n'en fit qu'accroître sa popularité.

Mais tout cela ne relevait en rien de la magie : introduit en 1839, le procédé photographique du daguerréotype permettait de capturer une image sur une plaque de métal. Cependant, les longues expositions enregistraient des mouvements flous, créant un effet fantomatique. Sir David Brewster, l'inventeur du stéréoscope à deux lentilles, exploita ce système photographique en trompe-l'œil pour créer des "images fantômes". Grâce au développement de la technique à double exposition, les photographes purent générer toujours davantage de "photographies de fantômes".

Le Britannique William Hope devint l'un des photographes les plus respectés dans ce domaine. Il était considéré comme l'un des rares médiums capable de produire de "vraies" photographies d'esprits et bénéficiait de l'appui de personnalités publiques importantes, telles que Arthur Conan Doyle. Ce dernier, fasciné par les phénomènes paranormaux, devint même vice-président de la Society for the Study of Supernormal Pictures en 1918 et réalisa un ouvrage sur le même domaine. Un enquêteur en paranormal et un magicien démontrèrent bien en 1922 que le matériel photographique utilisé était truqué, mais les spiritualistes les plus convaincus refusèrent de les croire.

En attendant la nuit

La rétinite pigmentaire est une maladie génétique grave qui engendre une dégénérescence progressive des cellules sensibles à la lumière dans la rétine. Bien que rare, elle entraîne une cécité partielle ou totale, progressivement ou subitement, selon les personnes qui en sont atteintes. Pour l'heure, aucun traitement ni remède n'existe.

Malheureusement, une famille canadienne a appris que leurs trois enfants étaient touchés par cette maladie. Les parents, soucieux que leurs enfants enregistrent le plus de souvenirs visuels avant le moment fatidique et puissent voir la beauté du monde avant de perdre la vue – notamment des animaux qu'ils n'ont aperçus que dans les livres – ont donc décidé de faire un tour du monde en famille. Une véritable course contre la montre, ne sachant pas quand leurs enfants deviendraient aveugles.

Jusqu'à ce que la mort les sépare

En 2022, après six ans de relation, deux jeunes amoureux de 30 et 32 ans ont appris qu'ils étaient en fait frère et sœur. Alors que chacun avait été adopté à la naissance par des familles d'accueil différentes, ils ont cherché à en apprendre plus sur leur famille biologique en faisant un test ADN et ont découvert qu'ils étaient issus de la même fratrie. Cette information a été un véritable choc au sein du couple qui s'aimait profondément et ressentait une réelle complicité depuis six ans. En apprenant la véritable identité de leur conjoint, les amoureux en ont eu le cœur brisé et se sont retrouvés au cœur d'un affreux dilemme. On leur avait pourtant souvent dit qu'ils se ressemblaient beaucoup…

Les Os de pierre

La fibrodysplasie ossifiante progressive, également appelée la « maladie de l'homme de pierre », est une maladie génétique qui se caractérise par une ossification progressive des muscles squelettiques et des tendons qui les rattachent aux os. Peu à peu, il devient de plus en plus difficile de bouger, jusqu'à ce qu'il soit complètement impossible de faire le moindre mouvement. La durée de vie des personnes qui sont atteintes par cette maladie rare est relativement limitée… Généralement, les ossifications commencent dès la petite enfance, à la suite d'un traumatisme ou d'une infection, et engendrent des vagues de douleur intolérables.

Bien que des tests génétiques soient aujourd'hui disponibles, le diagnostic n'est pas évident en raison de la rareté de cette maladie. De plus, il n'existe pas de traitement curatif, mais qui permet simplement d'atténuer les douleurs. Dans la majorité des cas, les patients finissent leur vie paralysés dans un fauteuil roulant et meurent de complications thoraciques, lorsque l'ossification atteint les muscles intercostaux.

Frappé par la foudre

L'Américain Roy Cleveland Sullivan est inscrit au Guinness World Records. Pourquoi ? Parce qu'il a été frappé à sept reprises par la foudre et a survécu à chacune d'elles. Travaillant comme garde forestier au Parc national de Shenandoah, en Virginie (États-Unis), il a été touché par la foudre en 1942, 1969, 1970, 1972, 1973, 1976 et 1977. Bien qu'il ait survécu, ce ne fut pas sans quelques conséquences... Il récolta à chaque fois de graves blessures, et à trois reprises ses cheveux s'enflammèrent. A force, il finit par croire qu'une force surnaturelle essayait d'avoir sa peau ou qu'il attirait la foudre d'une manière ou d'une autre. Il devint craintif et redoubla de précautions lorsqu'un orage approchait. Pourtant, cela ne sembla pas changer grand-chose à son sort, qui continua de s'acharner contre lui...

Un professeur de statistiques de l'université George Washington a un jour estimé à 4,15 sur cent nonillions* la probabilité qu'un homme soit sept fois frappé par la foudre. À noter que Roy Sullivan affirme également avoir été touché par la foudre alors qu'il était enfant et qu'il fauchait du blé avec son père. Mais cet événement-ci, ne pouvant pas être vérifié, n'a pas été comptabilisé dans son record. Comme si un malheur ne suffisait pas, il s'est retrouvé vingt-deux fois face à un ours dans la forêt. Il est finalement décédé d'une blessure par balle à la tête en 1983 à l'âge de 71 ans.

---

*100 000 000 000 000 000 000 000 000 000 000, soit 100 millions de milliards de milliards de milliards ou encore 10^{32}.

Les Disparus de l'Oiseau Blanc

À l'origine, l'Oiseau Blanc était un avion biplan, qui a disparu en plein vol avec ses deux pilotes français en 1927 alors qu'il traversait l'Atlantique. La disparition de l'Oiseau Blanc est considérée comme l'un des plus grands mystères de l'histoire de l'aviation. Ayant décollé de l'aéroport du Bourget à Paris le 8 mai 1927, les pilotes décidèrent de tenter la première traversée de l'Atlantique sans escale puisque les conditions météorologiques semblaient favorables. Mais personne ne sait ce qu'ils sont devenus ni ce qui s'est passé pendant leur vol. Des recherches furent immédiatement mises en place, ne voyant pas l'avion arriver à New York à la date prévue, mais aucune carcasse de l'appareil ne fut jamais retrouvée. Deux semaines après la disparition de l'avion, l'Américain Charles Lindbergh fut le premier aviateur à réussir cette traversée, mais dans l'autre sens.

Un second cas extrêmement marquant est celui du vol 370 Malaysia Airlines d'un Boeing 777-200ER qui se serait accidentellement abîmé dans le sud de l'océan Indien avec ses 239 passagers, le 8 mars 2014. Cependant, très peu de débris ont été retrouvés et personne ne sait réellement ce qu'il s'est passé. N'ayant aucune contrainte météorologique, l'affaire fut classée comme un détournement d'origine inconnue. Il s'agit, à ce jour, du plus grand mystère de l'aviation civile.

Des dizaines de cas de disparitions similaires existent, que ce soit des avions ou des navires, notamment dans le tristement célèbre Triangle des Bermudes...

Todd Howell

En Colombie, une octogénaire a découvert, à l'âge de 84 ans, qu'elle portait en elle un fœtus de 32 semaines depuis 40 ans. Alors qu'elle se rendait simplement à l'hôpital pour des douleurs intestinales, une échographie a révélé une étrange tâche blanche. Les médecins, intrigués, lui ont fait passer davantage d'examens et ont découvert un bébé calcifié dans le ventre de la Colombienne. Ils ont retiré ce fœtus principalement constitué de tissus morts lors d'une opération chirurgicale très risquée. Ce phénomène – le lithopédion ou également appelé « bébé de pierre » – est extrêmement rare. C'est un phénomène qui se produit lorsqu'une grossesse extra-utérine non arrivée à terme n'est pas diagnostiquée. Le fœtus mort se fossilise alors progressivement dans le ventre de sa mère, si bien que sa présence peut rester longtemps inconnue...

Six pieds sous terre

À Buenos Aires, dans le cimetière de Recoleta, il est possible de voir la tombe de Rufina Cambaceres, la fille qui mourut deux fois. En 1902, la jeune fille s'apprêtait à fêter ses 19 ans lorsqu'elle s'évanouit et fut déclarée morte par les médecins. La défunte fut déposée dans un cercueil, eut droit à sa cérémonie funéraire, et fut placée dans un caveau dès le lendemain. Mais quelques jours plus tard, un agent du cimetière crut voir des signes d'effraction sur le mausolée et inspecta le cercueil de la défunte, craignant une profanation. Le couvercle portait des traces de griffures et avait légèrement bougé, révélant à l'agent que la jeune fille avait été enterrée vivante et qu'elle s'était longuement débattue dans sa boîte avant de mourir pour de bon.

Cette histoire de personne enterrée vivante n'est malheureusement pas la seule, mais celle de Rufina fut largement enjolivée. Au 18e et 19e siècle, les médecins déclaraient quelques fois des personnes mortes par erreur et certaines étaient malencontreusement enterrées vivantes… Des méthodes furent même mises en place pour éviter ce genre d'accident, telles que des cercueils de « sécurité », munis d'un tuyau à air, d'un couvercle à ressort, ou même de cordes reliées aux membres du cadavre présumé et à une clochette ou un drapeau afin de détecter tout mouvement du défunt.

L'Ombre d'Archibald Hester

Le syndrome de la main étrangère est un trouble neurologique rare qui donne à la personne atteinte l'impression que ses membres sont détachés de son corps et qu'ils ont une vie propre, entraînant des mouvements incontrôlables. Cette sensation de volonté extérieure peut engendrer de graves crises d'épilepsie ou un sentiment de paranoïa intense.

La première description de cette maladie a été publiée en 1908 par le neuropsychiatre Kurt Goldstein. Il y décrivait une de ses patientes qui, après un accident qui lui avait causé une paralysie de son hémicorps gauche, avait partiellement récupéré ses capacités, mais se plaignait du fait que son bras gauche semblait appartenir à quelqu'un d'autre et réalisait des mouvements indépendants de sa volonté.

Le Chat

Oscar est un chat qui a réellement existé. Adopté alors qu'il était encore un chaton en 2005, il a grandi au Steere House

Nursing and Rehabilitation Center, une unité hospitalière s'occupant de déments au dernier stade de leur maladie dans l'État de Rhode Island, aux États-Unis. Selon le personnel du centre, ce chat avait la particularité d'aller près des patients sur le point de mourir et de se blottir à leur côté pendant leurs derniers instants. Alors qu'il n'était pas d'un naturel affectueux, les infirmières remarquèrent que les patients auprès desquels Oscar se couchait décédaient deux à quatre heures plus tard.

Cette coïncidence se renouvela sur vingt-cinq cas. L'établissement mit donc en place une procédure qui consistait à prévenir la famille du mourant de ce qu'il pensait être sa probable mort imminente lorsqu'il observait que le chat s'était assoupi au côté du patient. Oscar accompagnait les malades jusqu'à leur dernier souffle, restant blotti contre eux dans leur lit ou miaulant à la porte lorsque la famille préférait l'exclure de la chambre. À la mort d'Oscar en 2022, l'équipe de l'hôpital le remercia symboliquement pour ses services en posant une plaque sur le mur de l'établissement.

La Petite Fille de verre

L'ostéogenèse imparfaite, aussi appelée « maladie des os de verre », est une maladie caractérisée par une très grande fragilité osseuse. La conséquence la plus connue est la survenue de fractures multiples, qui demandent de nombreuses hospitalisations et rééducations. Cette maladie nécessite une constante attention du moindre fait et geste, de peur de se blesser gravement...

REMERCIEMENTS

Merci à Louane, mon père et ma mère pour tout leur travail de relecture, le partage de leur ressenti et leur soutien dans chacun de mes travaux d'écriture, si étranges et différents soient-ils.

Merci encore à mes parents pour toute l'aide qu'ils m'apportent à chacune des étapes de mes projets et qui continuent à être persuadés que leur fille est saine d'esprit malgré son imagination tordue et macabre ! Je suis étonnée qu'ils ne m'aient pas encore emmenée voir un psychologue...

Merci à tous ceux de mon entourage qui ont lu ce recueil et ont cru en son potentiel, et à tous ceux qui le liront par la suite.

Sommaire

INTRODUCTION	page 7
Le Corbeau	page 11
Le Cirque du chagrin	page 15
Une compagnie inattendue	page 23
L'Homme sans tête	page 29
À l'abri des larmes	page 35
Papillon	page 45
Une histoire de fantômes	page 49
De chair et d'os	page 57
Photographies d'un autre monde	page 61
En attendant la nuit	page 67
Jusqu'à ce que la mort les sépare	page 71
Les Os de pierre	page 77
Frappé par la foudre	page 81
Les Disparus de l'Oiseau Blanc	page 89
La Fiancée de glace	page 97
Todd Howell	page 103
Six pieds sous terre	page 109
L'Ombre d'Archibald Hester	page 117
Le Chat	page 123
La Petite Fille de verre	page 129
ANNEXES	page 137